KB032951

POTENTIAL 포텐 11

김민수 장편소설

초판 1쇄 찍은 날 | 2017년 9월 21일
초판 1쇄 펴낸 날 | 2017년 9월 28일

지은이 | 김민수
펴낸이 | 예경원

기획 | 위시북스
편집책임 | 이규재
편집 | 이즈플러스

펴낸곳 | 예원북스
등록번호 | 제396-2012-000132호
등록일자 | 2012. 7. 25
KFN | 제1-151호

주소 | 경기도 고양시 일산동구 호수로 646-24 위너스21 II 빌딩 206A호 (우)10401
전화 | 031-819-9431 팩스 | 031-817-9432
E-mail | yewonbooks@naver.com

ⓒ김민수, 2016

ISBN 979-11-6098-459-0 04810
　　　979-11-5845-360-2 (set)

POTENTIAL

포텐

11

김민수 장편소설

WISHBOOKS MODERN FANTASY STORY

Wish Books

CONTENTS

POTENTIAL

포텐

66.
에어버스 원(1)

파리 중심부에서 남서쪽으로 15㎞.

시간과 세대를 초월해 그 자리에 있는 듯한 바로크양식의 눈부신 궁전, 베르사유에 도착한 민호는 택시기사를 향해 '메르시'를 외치고 황급히 밖으로 나섰다.

기차역에서부터 엄청난 숫자의 관광객들이 궁전 안으로 걸어가고 있었다.

'늦었어, 늦었어.'

민호도 그 틈을 비집고 들어가 정문 옆에 서 있는 출입관리 직원에게 도착했다.

『표를 주십시오.』

『아, 여기요.』

공항에서 대사관 직원에게 건네받은 패스를 내밀자 직원이 민호의 얼굴과 대조해 보더니 물었다.

『한국의 수교 행사 출연자십니까?』

『네, '오페라 로얄'에서 한다던데 어느 쪽으로 가면 되죠?』

『오른쪽 회랑을 따라가시면 됩니다.』

『고마워요.』

신분을 확인한 직원이 바로 관계자용 출입문을 열어 주었다.

민호는 패스를 목에 걸며 입장을 위해 줄을 잔뜩 서고 있는 인파 쪽으로 시선을 돌렸다. 순서를 무시하고 들어가는 자신을 부럽다는 듯 쳐다보는 관광객들에게 고개를 숙여 보였다.

오후 5시에 시작될 한불수교 행사에서 피아노 솔로곡을 치기 위해 무려 12시간의 비행을 해 이 자리에 왔다. 어제 밤 늦게까지 '달인의 조건'을 촬영했음을 떠올려보면 그야말로 월드스타급 스케줄이 아닐 수 없었다.

'정신이 하나도 없네.'

공항에서 레스토랑 '피에르'로 직행. 애장공간의 영향을 유지하기 위해 2시간을 머문 까닭에 시간이 더 빠듯했다. 어쨌든 공연 전에 도착했으니 다행이었다.

"강민호 씨!"

회랑 반대편에서 대사관의 직원, 서기관 김윤수가 민호를 발견하고 달려왔다. 그는 민호를 보자마자 십 년 감수했다는 표정을 지었다.

"왜 이렇게 늦으셨습니까? 이 행사에 대한민국의 얼굴이 걸려 있다는 것 잘 아시면서."

"죄송해요."

'피에르'의 음악 살롱이 아니면 피아노를 칠 수 없다는 이유를 설명할 수가 없기에 민호는 깔끔하게 사과부터 하고 되물었다.

"펑크는 아니죠?"

"네, 강민호 씨 순서는 지금 공연 중인 종묘제례악 다음입니다. 이쪽으로."

김윤수가 민호를 대기실로 안내했다. 크리스털 샹들리에와 황금촛대가 놓인 복도를 지나 오페라 극장의 뒷공간으로 이동했다.

'오우.'

민호는 천장이 웅장한 그림으로 장식된 넓은 공간 아래에 들어섰다. 화려함이 하늘을 찌르는 베르사유 궁전이다 보니 출연자를 위한 대기실조차 17세기 풍의 호화로움이 가득했다.

다만, 입구의 문이 삐걱거려 소리가 조금 울렸다. 그 때문에 한쪽에 모여 있던 프랑스 쪽 출연진들이 고개를 돌려 민호를 바라보았다. 저마다 악기를 들고 정숙을 유지한 채 준비 중이었기에 민호는 고개를 꾸벅 숙이며 사과부터 했다.

『실례합니다. 방해할 의도는 없었어요.』

옆에서 따라오던 김윤수는 민호의 프랑스어 발음이 상당히 능숙한 것을 듣고 놀랐다.

"프랑스어 할 줄 아시네요?"

"뭐……."

"통역이 따로 필요 없으시겠습니다."

함께 온 공 매니저도 빠른 출국을 위해 공항에 대기시켜 두고 혼자 이동한 참이었다.

민호가 빈자리에 앉자, 김윤수가 공연 준비 상황에 대해 이야기하기 시작했다.

"강민호 씨의 피아노는 프랑스 관현악단 것을 빌려 쓰기로 했습니다만, 따로 필요하신 건 없으십니까?"

"괜찮아요."

오늘 솔로 곡은 레스토랑에서 실컷 연습하고 왔다.

한숨 돌린 민호는 벽 건너편에서 들려오는 소리에 귀를 기울였다. 바로크 음악이라도 들으며 감상에 젖어야 할 것 같은 이 공간과 어울리지 않는, 그러나 아주 친숙한 한국의 음악이 들려오고 있었다.

한이 서린 것 같은 목소리와 아쟁 소리가 구슬프게 울리는 것이 어느 사극영화에서 들어본 궁중음악 같았다.

김윤수는 벽 너머를 가리키며 말했다.

"지금 객석에는 파리에서 알려진 기업인, 학자, 언론인 상당수가 와 있습니다. 한국 측은 총리님에 장관님까지 오셨죠."

"그래요?"

뭔가 맥빠진 듯한 민호의 반문에 높은 사람들 앞에서 긴장하지 말라는 얘기를 해주려던 김윤수가 도리어 긴장감에 휩싸였다.

"베르샤유라는 프랑스가 자랑하는 대표적인 문화유산 안에서 공식 행사를 벌이는 건 매우 특별한 의미가 있습니다. 왕립 오페라극장은 국가적 행사나 사회적 기여가 큰 자선 행사에만 특별히 개방되는 곳이라 부시장님의 적극적인 지지가 없었다면……."

민호는 계속되는 김윤수의 설명에 하품이 나오는 것을 꾹 참았다. 한불수교 130주년 기념행사인 만큼 양국의 정, 재계 인사들이 가득하다는 것은 민호에게 그다지 흥밋거리가 되지 않았다. 그저 스케줄을 빌미로 피아노를 실컷 칠 수 있다는 것이 재밌어 보여 수락한 것일 뿐.

'나중에 외교관이 될 우리 은하 씨를 위해서라도 외교부에 잘 보여 둬야 하고 말이야.'

언제 올지 모를 훗날의 상황까지 대비해 둔 나름 치밀한 행동이라는 생각이 들자 민호는 속으로 만족한 웃음을 흘렸다.

그렇게 대기하던 중, 민호는 벽 한쪽에 붙은 공연 순서지에 시선이 머물렀다.

'6시 10분이라. 이제 10분 남았나?'

클래식의 시작을 알리는 교두보이자 솔로파트에 자신이 선정된 것은 전적으로 피에르에서 보여준 연주 때문이었다.

쇼팽을 좋아한 피아니스트 얀.

오랜만에 그 아름다운 선율을 느껴본 것까진 좋았으나 곡 난이도가 상당하다 보니 손가락이 뻐근했다. 손가락 마디마디를 스트레칭 하는데 옆의 김윤수가 문득 생각났다는 듯 말했다.

"부시장님께서 가미노 씨를 찾으시기에 처음에는 일본 분인 줄 알았습니다. 신노 가미노 씨를 설득해 데리고 갔더니 얼마나 화를 내시던지."

"가미노요?"

레스토랑에서 열렬히 환호해 주던 두 노신사의 얼굴을 떠올린 민호는 피식 웃었다.

"Gaminon!"

'응?'

민호는 갑작스런 부름에 고개를 돌렸다. 정갈한 연미복을 차려입은 노신사가 대기실로 걸어 들어왔다. 익숙한 얼굴. 민호는 상대가 부시장 장 주앙임을 깨달았다.

장 주앙이 일어선 민호의 손을 덥석 붙잡았다.

『역시 여기 있었군. 이제야 보게 되다니. 반갑네, 반가워!』

『안녕하셨어요, 부시장님.』

『오늘 에튀드를 한다지? 어느 부분을 하나?』

『10악장이요.』

『10악장 전부? 좋았어!』

『아, 아니요. 그건 리사이틀에서나 가능한 일이고, 그중에 12번만 칠 예정이에요.』

약 3분, 한국과 프랑스 공연단 사이에 잠시 등장할 정도의 솔로곡만 준비했다는 민호의 말에 장 주앙의 얼굴에 커다란 실망감이 일었다.

『그렇게 짧게?』

한 열 곡은 해야 하지 않겠느냐는 장 주앙의 말이 이어지는 가운데, 뒤편에서 파리의 시립 관현악단장 리노 주베와 대한민국 대사관의 민천모 공관장이 함께 들어섰다.

『리노 단장님. 오늘 시립 관현악단 공연에 거는 기대가 큽…….』

『가미뇽!』

공관장의 말을 도중에 끊으며 리노도 장 주앙과 똑같은 표정이 되어 민호에게 다가왔다. 리노가 대기실에 들어오자 반대편에 앉아 있던 프랑스 측 연주자들이 일동 기립했다.

민호는 그 엄숙한 분위기에 살짝 놀라며 리노에게 고개를 돌렸다.

『오랜만에 봬요, 단장님.』

『협연을 그렇게 부탁했건만 이제야 나타나다니!』

『워낙 시간이 없어서요.』

장 주앙은 리노에게 시무룩한 얼굴로 말했다.

『가미농이 에튀드 달랑 한 곡 하고 간다는데?』

『정말? 우리 공연을 늦춰서라도 한 곡 더 해.』

둘이 막무가내로 얘기하자 민호는 난감한 얼굴이 될 수밖에 없었다.

『부시장님, 단장님. 이게 시간이 정해진 행사잖아요. 나중에 또 기회 되면 또 올게요.』

민호가 점잖게 타이르는 사이 민철모 공관장도 조용히 옆에 섰다. 어째 다들 자신만 바라보는 듯한 분위기에 머리를 긁적이는데 리노가 좋은 생각이 났다는 듯 손가락을 튕겼다.

『가미농. 그럴 게 아니라 협연을 하나 하지.』

『네?』

『쇼팽 피아노협주곡 1번 2악장. 자네의 무대가 끝나면 우리 순서니까 내려가지 말고 남아서 한 파트만 하고 가게나.』

제목을 말하자 애장공간의 영향력이 남아 있는 민호의 머릿속으로 그윽한 피아노 멜로디가 떠올랐다. 그러나 이건 솔로 곡이 아닌 협주곡. 악단과 호흡을 맞추는 과정도 없이 제대로 될 리가 없었다.

리노도 그 점을 민호가 의아해하고 있음을 알았는지 곧바로 말했다.

『자네를 앞에 두고 이런 말하기는 뭣하지만, 우리 관현악단. 다들 수준 높은 프로네. 자네의 연주 호흡을 따라갈 수 있다고 자신하지.』

『하지만…….』

민호가 뜸을 들이자 장 주앙이 '제발~' 하는 측은한 얼굴이 되어 두 손을 모았다. 파리의 부시장과 관현악단장이 쩔쩔매는 모습에 민철모 공관장까지 '한국을 부탁하네, 젊은이'라는 뜨거운 눈길로 민호를 직시했다.

'으음.'

협주곡 2악장이라면 약 11분. 손가락이 남아나지 않을 것은 분명했으나 이런 상황에서 발을 빼기가 어려웠다.

『그럴게요.』

『좋았어!』

『리노, 거봐. 내가 연습해 놓으라고 했지?』

이어진 두 노신사의 대화에 민호는 무언가 낚인 듯한 기분이 일었으나 한번 승낙한 이상 어쩔 수가 없었다.

[한·불 수교 기념 공연 5th, 피아니스트 솔로]

베르사유 궁전 속 왕립 극장 '로얄'은 모든 시설이 나무로 되어 있어 완벽한 울림을 자랑하는 장소였다.

"후우."

무대 뒤에서 호흡을 한차례 가다듬은 민호는 약 700여 명의 관객이 들어차 있는 공간으로 걸어 나갔다. 한국인 관객 중 몇 명만 민호의 얼굴을 알아볼 뿐, 대부분이 동양의 연주자라고만 생각하고 무심한 시선을 던졌다.

관객의 침묵 속에서 민호가 그랜드 피아노 앞에 앉았다. 그리고 피아노의 하얀 건반 위로 손을 올렸다.

쇼팽, 에튀드 10-12 '혁명'.

짧고 굵게 끝내려고 고른 곡이었기에 이후의 연주가 예정된 지금은 오히려 긴장감이 일었다.

'가자.'

땅, 하는 오른손의 격동적인 첫 음에 이어 왼손이 하강하며 아르페지오를 빠르게 짚었다.

웅장하면서도 비통한 느낌의 시작.

이것은 쇼팽이 고국에서 파리로 가는 길에 바르샤바에 러시아군이 침입했다는 소식을 듣고 슬픔에 잠겨 작곡했다는 곡이었다. 혁명 때문에 고국으로 돌아가야 했던 얀의 심정과도 일맥상통하는, 뼈에 사무치는 심정을 얘기하는 곡.

현기증이 일어날 정도로 현란한 왼손의 기교에 이어, '빠밤—빠밤' 하는 오른손의 멜로디 라인이 계속되며 민호의 감정도 서서히 고조되어 갔다.

관객들이 최초에 가졌던 침묵은, 한편의 음시(吟詩)가 펼쳐지는 무대의 압도적인 선율에 숨조차 쉬지 못할 무언의 환호로 바뀌어 갔다.

이윽고, 격정에 빠져 있던 민호가 마무리 멜로디를 짚으며 2분 30초 동안 이어진 연주가 끝났다.

숨죽이고 있던 관객 중 장 주앙이 벌떡 일어나 손뼉을 쳤다. 그렇게 이어진 환호는 순식간에 객석 전체로 퍼져 나가, 단 3분 만에 관객을 휘어잡은 한 동양인 피아니스트의 놀라운 연주에 대한 감탄으로 이어졌다.

『누구지 저 연주자?』

『리노 주베가 극찬한 동양인이 저 사람이었나 봐.』

『한국에 저런 피아니스트가 있다니. 내가 들은 쇼팽의 혁명 중에 최고였어.』

민호가 인사를 하고 다시 자리에 앉자, 무대 아래의 한국 진행요원이 끝난 거 아니냐는 눈길을 보냈다.

"협연을 한 곡 더 할 거예요."

빠르게 대꾸하는 민호의 뒤로, 파리 관현악단의 연주자들이 걸어 들어오기 시작했다.

상임 지휘자 리노 주베가 들어와 관객석에 인사한 뒤에 민호와 시선을 교환했다. 잘 부탁한다는 그의 눈길에 민호는 고개를 끄덕인 뒤에 손가락 관절을 꾹꾹 눌러 근육을 얼른 풀었다.

리노가 지휘봉을 들어 올리자 연주자들도 관객들도 모두 그의 손끝에 시선을 집중했다.

쇼팽, 피아노 협주곡 1번 제2악장 '로망스—라르게토'.

민호가 직전에 연주한 곡의 분위기와 대조되는, 바이올린과 첼로의 서정적인 전주가 관객들의 귀를 휘감았다. 모든 연주자가 부드러운 음을 깔아주는 속에서 민호가 건반에 손을 올리고 연주를 시작했다.

감미롭게 한 음, 한 음.

첫사랑의 소녀를 생각하는 순정적인 청년이 되어 달콤하기 그지없는 선율을 연주하는 민호에게 모두의 시선이 집중됐다.

눈은 무대를 보고 있으나 머릿속으로는 민호가 그리는 우아한 음에 도취된 관객들. 지휘자와 한마음이 되어 연주 중인 관현악단의 보조가 이어지자, 무대 위에는 곧 모두를 위한 낭만여행이 펼쳐졌다.

그렇게 11분 간의 여행이 끝났을 때.

왕립 극장 '로얄' 안에 울려 퍼진 우레와 같은 박수갈채는 한참 동안 끊일 생각을 하지 않았다.

민호는 땀에 흠뻑 젖어 무대 뒤편으로 걸어 나왔다. 대기실에 도착해 수건으로 이마를 닦아내고 무대 의상을 갈아입었다.

'느린 곡이라 생각보다 힘들진 않았어.'

파리를 방문한 목적은 전부 끝났고, 저녁의 비행기 탑승을 위해 먼저 나가려는데 대기실 안으로 김윤수가 달려왔다.

"강민호 씨!"

헉헉거리며 민호 앞에 선 김윤수가 다급히 말을 이었다.

"부시장님이 연회 참석하시냐고 물어보셨습니다. 확인해 보니 민호 씨 이름이 명단에 없기에……."

"아, 저 바로 한국에 가봐야 해요."

"벌써요?"

"스케줄이 있어서요."

월요일 새벽에는 바로 드라마 촬영장에 가야 했다. 게다가 마지막 주간이라 시간 엄수는 필수였다.

인천에서 토요일 아침에 출발해 12시간을 비행했으나, 시차 때문에 파리 시간으로 오전에 도착했다. 오늘 야간비행을 해야 시차를 감안해 일요일 밤에 가까스로 한국에 도착한다.

"총리님도 그렇고, 다들 민호 씨가 꼭 와주셨으면 하는 눈치였습니다."

"그건 알랭을 기다리는 사람들도 마찬가지예요."

"알랭이요?"

한국에서 방영 중인 인기드라마를 모르는 건지 고개를 갸웃하는 김윤수에게 민호는 빙긋 웃어 보인 뒤에 손을 흔들었다.

"다음에도 기회 있으면 불러 주세요."

민호가 걸어 나간 뒤, 뒤늦게 달려온 장 주앙에게 김윤수는 고개를 저어 보였다.

『가미농은 기어코 가버린 건가?』

창밖으로 시선을 던진 장 주앙은 베르사유 궁전 저편으로 멀어지는 민호의 뒷모습을 발견했다. 또 한 번의 감동을 선사해 준 민호에게 정중히 허리를 숙이는 것으로 고마움을 대신했다.

『이보게 서기관.』

『네, 부시장님.』

『혹시 131주년 수교행사는 계획에 없나? 내년까지 한 달 남았으니 신년을 기념하는 건 어때? 내 이번에는 파리 오페라 하우스를 추진해 보지.』

『그, 그건······.』

✳

토요일 오후 10시.

샤를 드 골 국제공항의 저녁은 한산했다. 공 매니저는 민호가 오고 있다는 전화를 받고 게이트 안의 대기소에서 걸어 나와 택시 승강장 앞에 섰다.

"으휴, 고작 짐을 지키려고 따라온 것 같네."

오늘 하루 파리를 돌아다니며 민호를 수행하지 못한 것이 못내 아쉬웠다. 하루도 머물지 않고 떠나는 터라 짐도 간소했기에 비행기값만 축낸 모양새가 됐다.

그나마 자신은 일반석을 타고 왔다 갔다 하니 망정이지.

공 매니저는 이참에 프랑스 회화반도 끊어둬야겠다는 다짐을 새롭게 했다.

잠시 후.

막 도착한 택시 안에 민호의 얼굴이 보여 얼른 승강장에 다가섰다.

"수고하셨습니다, 민호 씨."

활기찬 인사와 함께 공 매니저가 먼저 민호가 앉아 있는 뒷문을 열었다.

"어? 공 매니저님, 나와 계셨어요? 많이 기다리셨죠?"

"아닙니다. 아까 대사관 직원에게 전화를 받았는데 무대에서 난리도 아니었다면서요? 민철모 대사님이 직접 감사하다는 말도 전하셨답니다."

"제가 크게 한 건 없고요, 같이 협연한 파리 관현악단 수준이 워낙 높아서 그래요."

언제나 그렇듯 겸손한 민호의 말에 공 매니저는 웃음을 지었다.

"그러며 덧붙이시는데 신년에 있을 대사관 행사에 나와 줬으면 하는 눈치였습니다. 프랑스의 외교국제개발부 차관님도 초대한다고……."

"그건 그때 가서 봐요. 스케줄이 꼬일 수도 있으니."

차관이 참여하는 정도의 행사는 바쁘면 건너뛰어도 된다는 민호의 간단한 지시에 공 매니저는 새삼 감탄했다.

"티켓 여기 있습니다. 12시 코리안에어 747편으로, 한국에는 밤 9시에 도착할 예정입니다."

"얼른 수속 밟고 뭐 좀 먹어요, 우리."

"네, 민호 씨. 제가 괜찮은 식당 하나 찾아 놨습니다."

게이트 안으로 들어가는 민호를 따라 공 매니저도 발걸음을 가볍게 옮겼다.

『이륙 지연이요?』

민호는 프랑스어로 물었다가 항공사 직원이 한국인인 것을 깨닫고 다시 물었다.

"아예 못 갈 수도 있는 건가요?"

"유압장치 문제로 점검 중이라 3시간 후에 완료된다는 통보를 받았습니다. 지연된다면 약관에 따라 운임 20% 보상을……."

이 말에 옆에 있던 공 매니저도 안색이 변했다. 3시간이 늦으면 숙소에 들를 여유도 없다는 말. 촬영 스케줄도 펑크 날 가능성이 컸다.

"결항할 수도 있는 거죠?"

항공사 직원이 그건 아직 알 수 없다며 죄송하다는 표정을 지었다. 민호뿐만 아니라 이 항공사의 탑승수속 라인에 서 있던 이들 대부분 짜증이 난다는 얼굴을 하고 있었다.

"아니, 일을 이따구로 해!"

"정말 죄송합니다, 고객님. 승객의 안전을 위해 어쩔 수 없이 이런 조처를 하게 됐습니다."

야간에 출발해 한국에 일요일 밤, 월요일 새벽쯤에 도착하는 항공편의 주 고객은 대부분 유럽에 출장 온 비즈니스맨들이었다.

"내일 출근 못 해서 전무님께 결과 보고 못 하면 당신이 책임질 거야?"

"죄송합니다……."

기체의 결함을 꼼꼼하게 점검해 안전을 책임지려는 항공사와 일분일초가 아쉬운 한국의 바쁜 비즈니스맨들 사이에서 실랑이가 벌어지는 가운데, 민호는 고민하다 말했다.

"불확실한 지연을 마냥 기다릴 수는 없어요. 한국에 일이 있어서 꼭 출발해야 하니까 대체 편을 알아봐 주세요. 경유해도 좋으니 월요일 아침 전에는 도착할 수 있는 비행편으로."

"잠시만 기다려 주십시오."

화면에 시선을 던지고 있던 직원이 이내 말했다.

"아, 에어프랑스 380편이 직항으로 AM 2시에 있습니다. 자리가 많이 남지는 않았네요."

"이거 환불해 주시고 바로 구매 가능할까요?"

"환불은 가능하지만, 에어프랑스 노선은 그곳 항공사 창구로 가셔야 합니다."

민호는 급한 마음에 공 매니저에게 말했다.

"일단 가서 티켓부터 사요."

두 사람은 공항 내부를 가로질러 에어프랑스 티켓 창구 앞에 도착했다.

『인천행 2장이요. 좌석은 상관없습니다.』

『인천 직항 FR380편은 '이코노미 클래스' 1장밖에 남지 않았습니다.』

『1장이요?』

민호가 고개를 돌려보니 그보다 먼저 뛰어온 비즈니스맨들이 죄다 티켓을 구매 중이었다.

'이 시간대에 사람이 이렇게 많을 줄이야.'

프랑스어를 알아듣지 못하는 공 매니저가 의아한 시선을 보냈다.

"1장 남았다네요."

"일단 그거라도 구매하십시오. 저야 늦게 가도 되니."

『주세요. 얼마죠?』

우여곡절 끝에 새벽 2시에 인천으로 향하는 비행 티켓 하나를 손에 든 민호가 창구에서 나왔다. 공 매니저가 안타깝다는 얼굴이 됐다.

"기껏 일등석을 예매했는데 비좁은 일반석에 앉아 가시게 생겼습니다. 제 불찰입니다, 민호 씨. 대비했어야 하는데."

"이건 공 매니저님 잘못이 아니잖아요. 그리고 괜찮아요. 푹 자고 일어나면 한국일 테니까."

"바다 같은 민호 씨의 마음에 항상 감복합니다."

"가, 감복까지야. 암튼 출국장 들어가기 전에 밥이나 같이 먹어요. 가방은 이리 주시고요."

그때였다. 백팩을 열어 이번 야간 비행에 가장 유용할 호리병을 확인 중인 민호의 옆을 바쁘게 지나가는 한 사람이 있었다. 반지를 착용하고 있던 터라 별생각 없이 부드럽게 몸을 피하던 민호는 호리병에 은은한 빛이 어렸다가 사라지는 것을 보고 놀라서 고개를 돌렸다.

'애장품?'

민호의 시선이 티켓 창구에 도착한 한 외국인 여성에게 향했다. 호리병과 연관이 있는 애장품을 지녔을 것으로 추정되는 붉은 머리의 여인은 스물 후반의 세련된 커리어우먼 복장을 하고 있었다.

여인은 항공사 직원에게 티켓이 남아 있는지를 묻더니 이내 한숨을 푹 쉬고 돌아섰다.

'애석하게 됐네.'

같은 비행기를 타더라도 애장품을 만져볼 기회는 거의 없겠지만, 다른 비행기라면 가능성조차 전혀 없었다.

아쉬워하던 민호는 다음 순간, 여인이 창구 앞에 서 있는 사람들을 향해 외치는 말에 움찔하고 말았다.

『에어프랑스 인천행 티켓. 3시간 지연된 코리안에어의 일등석 좌석과 교환하실 분 있나요?』

여인은 이 말을 영어와 프랑스어, 그리고 무려 한국어로 반복해서 말했다. 그 과감한 언행에 사람들의 이목이 쏠렸으나 정작 티켓을 교환하겠다는 이는 없었다.

한차례 사람들을 훑어본 여인이 여행 가방을 열어 지갑을 꺼내더니 모든 지폐를 꺼내 외쳤다.

『그것과 더해서 200유로와…….』

자리를 떠나려던 민호는 여인의 가방 속에서 빛을 발하는 물건을 보고 우뚝 멈춰 서고 말았다. 여인은 작고 아담한 병을 꺼내 말을 이었다.

『랑세의 조세핀 향수도 드리죠.』

배낭여행을 끝마치고 귀국을 준비 중이던 한 여성 여행객이 이 말에 혹해서 그녀에게 다가갔다.

'성공했네?'

자신의 일도 아니지만 괜한 기대감에 기분이 좋아지는 민호였다. 손해가 막심한 교환이긴 해도 시간이 금보다 귀한 입장이라면 당연한 선택처럼 보였다. 자신 역시 스케줄을 맞추기 위해 뭐든 할 테니까.

민호는 여인의 가방 속에 있는 수많은 병 중 하나에 빛이 어린 것을 확인하고, '어쩌면'이란 생각과 함께 공 매니저의 뒤를 따라 한 식당으로 들어갔다.

FR380 이륙 2시간 전.

에어프랑스의 객실 팀장 프랑수아 라블레는 이륙 전 브리핑을 위해 승무원 대기실 안으로 들어섰다. 앞으로 30분은 기내의 서비스와 안전 보안을 책임지는 입장에서 매우 중요한 시간이었다.

예약승객의 분포와 비행기 기종, 도착 국가의 출입국 규정, 특별히 관심을 둬야 하는 승객의 정보 등등을 승무원에게 전달하고 숙지시키려면 이 시간으론 턱없이 부족했다.

그랬기에 타 비행사의 점검 지연으로 좌석이 만석이 됐다는 소식은 어떤 의미에선 골칫거리였다.

『유아를 동반한 승객은 다섯이야. 전부 일반석이니 소피와 아멜리가 다른 승객과 말썽 일어나지 않게 신경 써 줘. 이등석에 혼자 여행하는 노약자는 한스가 매시간 확인해 주고. 마일리지가 꽤 높은 충성도 있는 고객이니까. 일등석에 의사를 동반한 환자 하나가 타고 있으니 다들 유념해 둬야 비상 시 대처가……..』

빠르게 지시사항만 전달하는 것에만 15분이 소요됐다. 프랑수아는 승객 명단을 확인하다 마지막 탑승자로 추가된 이름 하나를 보고 눈이 커졌다.

『미셸 오드리? 그녀가 왜 일반석에…… 시간이 급했나?』

쌓여 있는 마일리지의 수준만 놓고 보면 일등석의 그 누구도 비할 바가 아니었기에 프랑수아는 골을 짓눌렀다.

『아멜리. 이 고객 무척 까다로우니까 특별히 신경 써 줘. VIP 중에서도 VIP야.』

『알겠습니다, 사무장님.』

프랑수아는 대략적인 지시를 끝마치고 나서 한국인 승무원, 이나은에게 고개를 돌렸다.

『한국 승객 중에 특별히 알아 두어야 할 사람이 있나?』

명단을 살펴보던 이나은이 몇 사람을 짚었다.

『……이분은 유명 기업인. 외교부에서 나오신 분도 있네요. 아, 이 사람은…….』

『누군데?』

『강민호라고 한국의 연예인이에요. 이 비행기에 탔을 줄이야. 사인 받아야겠다.』

『사인을 받을 정도라면 유명한가?』

『드라마 인기가 상당해요.』

『마일리지는 거의 없고. 연예인이라 까다롭게 굴지는 않을까?』

『매너 좋다고 소문난걸요. 물론 실제로는 어떨지 모르지만.』

『혹시 사람들이 몰려 소란스럽지 않도록 주의해 줘.』

국적별 최종 승객 확인과 기내의 체감 온도 분석이 이어지고, 간단한 스트레칭까지 마친 뒤에야 브리핑이 종료됐다.

『승객을 가족처럼. 좋은 비행 하자고.』

『네, 사무장님!』

"귀국하면 바로 촬영장으로 가겠습니다."

"공 매니저님도 조심히 오세요."

홀로 탑승구로 향하는 민호의 어깨 너머로 공 매니저의 안타까운 시선이 날아들었다. 불편한 좌석에서의 비행 이후 연이은 스케줄을 떠나야 하는 민호의 심정을 어찌 헤아릴 수 있으랴.

"부디 편안한 비행되시길."

공 매니저의 걱정은 전혀 모른 채, 사실 별생각 없던 민호는 공항 검색대로 걸어가 짐을 올렸다.

무난히 통과해 에어프랑스 380편이 출항하는 터미널로 걷던 도중 창밖으로 활주로를 떠나는 비행기의 불빛이 눈에 들어왔다.

'비행 애장품이라……'

아버지의 경고가 떠올라 고개를 두리번거려 누군가의 애장품일지도 모를 비행기가 있나 찾아보았다. 그러나 자동차와는 차원이 다른 크기 때문인지 단 한 대도 발견할 수가 없었다.

"뭐, 쉽게 볼 수 없는 거면 신경 안 써도 되겠지."

2E 터미널에 도착한 민호는 대기실 한쪽에 앉았다.

─인천행 직항노선, 'FR380'편의 일등석 승객은 지금 탑승하십시오. 노약자 승객도 미리 탑승하시기 바랍니다. 탑승

게이트는 43번입니다.

방송이 나오자 퍼스트 클래스 라운지에서 대기 중인 승객들이 자리에서 일어나 탑승을 위해 줄을 섰다.

일반석인데다가 자리 또한 구석인 민호는 한참 후에 입장이었기에 창문을 보며 행여 있을지 모를 '애장 비행기' 찾기 삼매경에 빠져들었다. 그렇게 검은 밤하늘을 유심히 올려다보던 민호의 시선이 어느 순간 한곳에 고정됐다. 유난히 깜박거리는 비행기가 허공에 떠 있었던 것이다.

"오호라."

상당히 먼 거리에 있음에도 식별을 위한 불빛이 아니라 애장품의 가능성을 보이는 은은한 빛으로 깜박인다는 느낌이 확실히 전해졌다.

'있긴 있네.'

실제로 발견하고 보니 언젠가는 한번 애장 비행기를 운전해 볼 기회가 있지 않을까 하는 막연한 기대감이 들었다.

잠시 휴대폰을 들어 항공보안 규정을 검색해 본 민호는 허가받지 않은 자가 조종실 문을 노크만 해도 테러리스트 취급을 받는다는 내용을 읽고 깨끗이 마음을 접어야 했다.

'그나저나 빛나는 비행기는 타지 말라고 한 건 아버지 경험담일까?'

비행기 조종은 불가능해도, 탑승 전부터 애장품을 소유한 사람을 목격해서인지 마음만은 계속 들뜬 민호였다.

얼마 후, 일반석의 입장 안내방송이 흘러 나왔다.

"자기, 저 사람 강민호 아니야?"

"어디?"

줄을 서는 민호의 근처로 한국인으로 보이는 남녀가 다가왔다. 신혼부부의 행색인 둘은 민호의 얼굴을 확인하자마자 서로 손뼉을 마주쳤다.

"어머, 어머. 맞네. 강민호 씨, 안녕하세요!"

"제가 프로게이머 하실 때부터 팬이었습니다!"

호들갑스럽게 발을 동동 구르며 사인을 요청하는 두 사람의 반응에 더 많은 한국인들이 알아보고 고개를 돌리거나 다가왔다.

"강민호?"

"저도 사인 좀 해주세요!"

자신을 둘러싼 몇 사람에게 사인을 해주던 민호는 줄을 서는 다른 승객에게 방해되겠다 싶어 한쪽을 가리켰다.

"줄 밖에서 해드릴……."

이동하려다 뒤편에 줄을 서고 있던 붉은 머리의 여인과 시선이 마주쳤다. 다른 항공사의 일등석 좌석을 과감히 교환해 버리면서까지 비행기에 타려 했던 그녀가 자신을 물끄러미 직시하고 있었다.

탑승을 계속 방해할 거냐는 무언의 물음이 담긴 눈으로 말이다.

『죄송합니다.』

프랑스어로 사과하며 즉시 옆으로 이동했다. 붉은 머리의 여인은 무심히 민호의 옆을 스치고 지나갔다.

'이거 밉보인 거 아니야?'

떡 줄 사람은 물론 생각지도 않고 있겠지만, 애장품을 한 번 빌려볼 가능성이 줄어들었다는 생각에 민호는 작은 한숨을 내쉬었다.

67.
에어버스 원(2)

　에어프랑스 380편은 민항 여객기 중 가장 큰 모델답게 좌석 또한 두 개의 층으로 구분되어 있었다. 좌석의 선택권이 없었던 민호가 탑승해야 할 자리는 비행기 2층의 끝 부분이었다.

『어서 오십시오.』

　비행기에 들어서자 통로에 서 있던 승무원이 민호에게 반갑게 인사를 건네왔다. 민호도 매너 있는 웃음과 함께 고개를 끄덕이다 저 멀리 승무원 칸 쪽에 보이는 무언가에 2층으로 올라가던 발걸음을 멈추고 말았다.

　주황빛으로 둘러싸인 작은 공간.

　비행기 안의 조명 때문은 결코 아니었다. 비행기 자체가 애장품이 아니라, 그 안에 애장공간이 있다는 사실이 그저 놀라웠다. 거기다 주황빛이라니. AN 병원에서 목격한 수술실 이후로 처음 보는 것이었다.

『저…… 승무원님.』

『네, 손님.』

『이곳을 뭐라고 부르죠?』

벽을 톡 건드려 보았으나 흡수되기는커녕 아무 반응이 없었다.

『'갤리'를 말씀하시는 건가요?』

눈을 빛내던 민호가 고개를 끄덕였다. 승객에게 맞춤 서비스를 제공하기 위해 오븐과 냉장고 같은 시설과 각종 비품이 가득한 작업 공간이라는 승무원의 친절한 설명이 이어졌다.

『독립된 일터라 이거죠? 대단하네요, 대단해.』

민호가 계속해서 감탄하다가 들어가자 옆에서 안내하던 승무원들도 눈웃음을 지었다.

보통 380편을 처음 타면 넓은 기내와 호텔같은 일등석의 위용에 놀라게 마련. 민호 같은 손님의 반응은 특이하다 할 수 있었다.

2층으로 이어진 계단을 오르면서 민호는 다시 갤리 쪽을 쳐다보았다.

'죽은 승무원의 애장공간이라.'

AN 병원의 제1수술실과 마찬가지로 능력이 부족하면 받아들이지 않는 것인지, 꿈을 통해서 접촉해야만 하는 것인지는 모르나 당장 길들일 방법이 없기에 고민을 해봐야 했다.

'그래도 이번 비행, 느낌은 괜찮은걸.'

벌써 2개째 목격이었다.

아버지가 경고한 '비행기 안의 빛'이라는 조건을 충족했다 해도 기장의 것은 아니라 위험이 덜했다. 거기에 자신이 마음으로 인정해 받아들이지 않는 한 애장품 주인의 성향에 휘둘릴 이유도 없고.

민호는 콧노래를 부르며 그의 자리인 K94번. 꼬리에서도 가장 구석진 곳에 도착했다. 그리고 통로 쪽 J94번에 앉아 있는 붉은 머리의 여인과 조우했다.

"……"

하필이면 바로 옆이라니. 그녀는 프랑스어로 된 패션 잡지를 무릎에 올리고 보는 중이었다.

『시, 실례합니다.』

민호의 음성에 '당신이 옆자리?' 하는 그녀의 건조한 시선이 날아들었다. 민호는 얼른 고개를 끄덕이고 그녀를 지나쳐 창가에 앉았다.

'이것도 인연이라면 인연이겠지? 어쩌면 운명일수도. 흐흐.'

큼지막한 눈을 가진 흔치 않은 미인이었으나 시크하게 앉아 있는 것이 성격이 보통이 아니리라 짐작됐다. 민호가 애장품을 구경할 기회를 호시탐탐 노리는 와중에 그녀가 고개를 돌렸다.

"한국 사람입니까?"

발음은 어눌했으나 정확한 높임말을 구사하는 외국인에 민호는 그도 모르게 공손히 "네"라고 답했다.

"나 미셸. 조용한 거 원합니다."

그녀가 가방에서 무언가를 꺼내 내밀었다. 받아 들고 보니 손가락 한 마디만 한 미니 향수병에 '숙면 허브액'이라는 프랑스어 스티커가 붙은 물건이었다.

"효과 좋습니다. 이건 선물. 호의."

다시 잡지로 시선을 돌리는 그녀. 민호는 그 속뜻을 이해하고 신음을 삼켰다. 시끄럽게 굴지 말고 잠이나 자라는 의미리라.

이 순간 민호는 미셸이란 여인의 가방 속에 있는 애장품을 빌려보려던 생각을 어느 정도 접어야 했다.

'갤리도 그렇고. 비행기 안이라 제약이 너무 많아. 경험해 보기가 쉽지 않겠어.'

그림의 떡이라 더 안타깝다. 차라리 보지 못했다면 잠이라도 푹 자고 가련만.

승객들이 하나둘 좌석에 앉기 시작했을 때도 민호는 여러 각도로 고심해 보았으나 딱히 답을 내지 못했다.

『미셸 오드리 대표님 아니십니까?』

누군가 통로를 지나 꼬리 칸으로 걸어왔다. 세련된 슈트를 걸친 서른 중반쯤의 동양인 사내가 미셸 옆에 서서 고개를 숙여 보였다.

민호는 복장만 봐도 상류층이라는 것이 물씬 느껴지는 사내가 미셸을 보고 반가워하는 것에 절로 귀가 쫑긋했다. 창밖을 살피는 척, 유리에 비친 사내의 모습을 더 자세히 살폈다.

잡지에 시선을 두고 있던 미셸이 사내에게 눈을 돌렸다.

『절 아시나요?』

『요즘 파리에서 가장 잘나간다는 신흥 향수 브랜드 '오드리'의 대표님을 모르면 어찌 사업을 하겠습니까, 하하! 저는 '뷰티페이스샵'의 영업이사 정태수입니다. 화장품 로드샵 선호도 1위에 빛나는…….』

사내의 프랑스어 발음은 미셸의 한국어 발음과 비슷했다. 의미는 통하나 어딘지 어색한. 미셸은 발음 때문은 아니겠지만, 탐탁지 않은 시선으로 되물었다.

『그래서요? 제게 영업이라도 하러 왔나요?』

『무슨 그런 섭섭한 말씀을. 얘기 들었습니다. 이 전 비행

편이 점검으로 지연됐다죠? 마침 저희 팀원들이 비즈니스석에 자리를 잡고 있는데, 이 불편한 곳 말고 그곳으로 옮기시면 어떨까 싶어서 말입니다.』

더 좋은 좌석으로 교체해 주겠다는 제안. 그러나 미셸의 낯빛이 순간이지만 무척 날카로워졌다.

『편한 자리에 앉아 불편한 얘기를 들으며 가고 싶진 않군요.』

『아니요, 아니요! 부담 가지실 필요 전혀 없습니다.』

거절의 의사에도 자리를 바꾸길 권하는 사내의 말에 미셸이 잡지를 탁! 덮고 고개를 돌렸다.

『이유 없는 호의란 건 있을 수 없죠. 재고할 가치도 없어요. 승무원, 여기에 자기 자리 못 찾은 승객이 있는데 안내 좀 해주시겠어요?』

사내는 그럼에도 포기하지 않은 채 이번에는 좌석의 뒤로 돌아 민호 쪽에 가까이 붙었다.

"한국인 맞으십니까?"

"아, 네."

"괜찮으시다면 비즈니스석에 있는 제 자리와 교체해 주실 수 있겠습니까? 옆자리의 여성분과 긴히 할 말이 있어서 말입니다."

민호는 멋쩍은 표정으로 옆의 미셸의 눈치를 살폈다. 그녀는 아무렇지 않은 듯 잡지를 다시 열고 읽기 시작했으나 눈빛이 착 가라앉은 상태였다.

"그게요. 잠시만 가까이⋯⋯."

민호가 사내를 가까이 불러 그의 귀에 속삭였다.

"이분 한국어 꽤 잘하세요. 그리고 시끄러운 거 질색이시라고 이런 것도 줬거든요."

이렇게 말하며 그녀가 입 닫고 자라고 선물을 준 향수병을 흔들어 보였다.

"저, 정말입니까?"

미셸이 한국어가 가능하다는 말에 사내의 안색이 변했다. 입을 꾹 다물고 다신 아무 말도 하지 않을 것 같은 그녀의 기세를 본 사내는 차마 말을 더 붙이지 못하고 헛기침만 해 댔다.

"'정말'입니다."

속삭이는 대화가 좀 컸는지 미셸이 잡지를 넘기며 이렇게 중얼거렸다. 혼비백산한 사내가 "실례했습니다!"를 외치며 황급히 자리를 피했다. 사내의 영업 시도를 간단히 무시해 버린 미셸이 민호 쪽으로 고개를 돌렸다.

『당신.』

끌어안은 백팩을 발밑의 짐칸에 넣고 있던 민호는 이 부름에 저절로 몸이 움츠러들었다.

미셸이 말했다.

『오해하지 마세요. 그 향수는 이유 있는 호의니까.』

『암요, 알아요.』

고개를 들어 상대방의 무심한 시선을 받게 되자 죄지은 것도 아닌데 그녀를 피하듯 벽에 등을 붙이게 됐다.

'보면 볼수록 포스가 남달라.'

평범한 신분이 아닌 줄은 알았지만, 한국의 화장품 기업으로 손꼽히는 곳의 영업이사가 쩔쩔맬 정도의 유명한 CEO였다니.

민호의 아래위를 유심히 훑어보던 미셸이 물었다.

『그쪽은 뭐하는 사람이죠? 유학생?』

『연예인입니다.』

『흠. 그래서 한국 사람들이 사인을 받으려 했던 거였군요. 가면서 시끄러울 일이 또 있을까요?』

『어, 없을 거예요. 아마…….』

『아마?』

인천까지 9시간 30분의 긴 여정. 비행기는 이제 겨우 출발을 준비 중이었다.

민호는 이륙 전부터 함께 앉아 있다는 것만으로 부담감이 팍팍 드는 옆 좌석의 그녀를 향해 그저 미소를 지을 수밖에 없었다.

'이 비행. 괜찮을까?'

－인천행 에어프랑스 380편 승객께선 신속히 탑승하시기 바랍니다.

안내방송을 끝으로 마지막 손님이 탑승 게이트를 넘었다. 항공 식별부호 'FR380'기의 문이 스르륵 닫혔다.

「FR380, 이륙 10분 전」－객실 사무장 '프랑수아'.

－저희 승무원들은 손님들의 안전하고 쾌적한 여행을 위하여 인천까지 최선을 다해 모실 것을 약속드립니다. 비행 중 도움이 필요하시면 언제든지 저희 승무원을 불러주십시오. 감사합니다.

프랑수아가 프랑스어로 이륙 전 방송멘트를 끝내자, 영어 발음이 좋은 승무원 소피가 B섹션에서 이어서 영어로 방송하기 시작했다.

기내용 수화기를 내려놓은 프랑수아는 일등석에 앉아 있는 손님들을 쭉 바라보다 부사무장에게 물었다.

『릴. 저 환자 상태는 어떻다고 들었어?』

『의사분 말이 안정적이라고 합니다. 큰 병인지는 아직 알 수 없고, 정확한 확진을 위해 이동 중이라고 합니다.』

『한국에?』

프랑스의 의료 수준이 더 높지 않느냐는 프랑수아의 눈길에 릴도 모르겠다는 표정을 지었다.

『사정이 있나 보죠. 한국인만 걸리는 병이라든지.』

프랑수아는 일등석 침대에 누워 있는 여덟 살 정도의 동양인 꼬마를 바라보았다. 그 꼬마를 간호하고 있는 의사도 동양계였다.

뒤로 묶은 머리에 핀으로만 치장한 단아한 외모의 여성 의사는 프랑수아랑 눈이 마주치자 예의 바른 미소와 함께 고개를 숙여 보였다. 가장 걱정했던 환자 승객이 안정적이라는 부사무장의 말에 프랑수아는 일단 한시름은 던 표정이 됐다.

『이등석의 노약자는?』

『멀미를 대비해 패치까지 붙이고 타셨더군요. 한스가 보기에는 생각보다 정정하셨대요.』

『미셸은?』

『아멜리 말이 그렇게 까다로워 보이진 않는다던데요?』

『그건 모르는 일. 난 일등석에서 한번 경험해 봤는데 도무지 적응하기가 어려웠어. 그리고 한국의 연예인인가? 그 사람은 어때 보였어?』

『탑승 전에 사인을 해주고 와서 그런지 잠잠했습니다.』

계속 이어지는 체크는 이나은 승무원이 한국어로 안내 방송을 끝마칠 때까지 계속됐다.

『알았어, 릴. 2층에 가면 긴장 풀지 말라고 전해줘.』

『네, 사무장님.』

객실을 이끄는 책임자로 수많은 비행 경험을 가진 프랑수아였기에 이런 날만큼 감정 노동이 심한 비행도 없다는 사실은 충분히 알고 있었다.

장거리의 만석 비행기는 승무원에게 지옥과도 같다.

여기저기에서 콜벨 소리가 울리고, 승객들의 요청사항은 너무 많아 기억하기도 어려울 정도에, 인종과 문화가 다른 승객들이 겹쳐 앉아 있으면 누굴 어떻게 대해야 할지도 헷갈리기 일쑤.

프랑수아는 이럴 때일수록 원칙을 지키며, 안전하게 비행을 끝내야 한다는 신념이 있었다. 그리고 이건 이 공간을 사랑했던 그녀의 뜻을 기리는 길이기도 했다.

'잘 부탁합니다, 마드모아젤.'

그의 시선이 승무원만의 휴식 공간인 벙커 입구에 걸린 한 사람의 사진을 향했다.

「이륙 5분 전」─한국의 연예인 '강민호'.

"나도 베개! 베개 주세요!"

"Daddy! I want to pee."

"Maman. Quand un avion qui volent?"

민호는 왼쪽 라인을 가득 차지한 가족단위 승객들을 지켜보다 미셸에게 고개를 돌렸다. 나름 아이들에게 푸근한 마음을 갖고 있다고 생각한 자신조차 저 소란에 당황할 지경인데 그녀야 오죽하겠느냐는 불안감이 엄습한 덕택에 안절부절못했다.

『에비앙! 호출 단추는 함부로 누르는 게 아니야! 죄송합니다, 승무원님.』

그중에 가장 목소리가 높은 한 프랑스 아주머니의 외침에 민호가 도리어 긴장한 얼굴로 고개를 돌렸다. 한눈에도 악동처럼 보이는 열 살 정도의 남자아이가 승무원을 부르는 콜버튼을 게임기 누르듯 마구 연타하는 중이었다.

아주머니가 남자아이의 손을 붙잡고 타일렀다.

『네가 저걸로 자꾸 장난치면 정말 급할 때 승무원 누나가 오겠어, 안 오겠어?』

『와.』

『와?』

남자아이의 말에 아주머니가 당혹스런 표정을 지었다.

『와야지 별수 있나. 서비스업이란 게 그런 건데.』

『그, 그거야 그렇지만.』

『아무리 치사해도 손님 얘기 들어줘야 한다고.』

『······.』

뭔가 세상을 좀 알고 있는 듯한 남자아이의 심오한 대답. 아주머니의 의도는 그게 아니었으나 말려든 듯한 표정이 됐다.

민호는 속으로 쿡 웃고 말았다. 그러다 저 소란스러움을 동반한 대화에 화를 낼지 모를 한 사람이 번뜩 떠올라 시선을 돌렸다. 잡지에 꽂혀 있던 미셸도 의외로 입가에 살짝 웃음기를 띄고 있었다.

그녀도 웃길 때는 웃는 스타일인가보다 하고 안도하던 그때.

『꼬마야.』

미셸이 고개를 돌려 남자아이를 불렀다.

『네 장난에 정말 중요한 일로 서비스를 받아야 할 손님이 피해를 받을 수 있다는 생각은 안 해봤어? 가령, 내가 승무원을 호출했는데 오지 않았다면 나는 이 항공사를 근무태만으로 고소하겠어. 그렇다면 이 구역을 담당한 승무원들은 꼬마 너의 악의 어린 행동 때문에 일자리를 잃거나 최소 감봉을 받게 되겠지. 감당할 수 있겠어? 피해 받은 이들의 불평, 불만.』

진지하고 냉정한 타이름에 남자아이가 꿀 먹은 벙어리가 되어 버렸다.

'……이 여자. 아이한테도 가차 없구나.'

민호는 그것을 전부 지켜보고 행여 미셸과 눈이 마주칠까

어서 비행기가 이륙하기를 기다렸다. 애장품이고 뭐고 다 필요 없고, 얼른 호리병에 물을 채워 취화정으로 만든 뒤에 속 편히 잠이나 자야겠다는 생각이 들었다.

─손님 여러분, 저희 비행기는 곧 이륙하겠습니다. 좌석벨트 착용 상태를 다시 한 번 확인해 주시기 바랍니다.

안전 브리핑이 종료되고 좌석벨트 착용 표시등에 불이 들어왔다.

시끌벅적 떠들던 아이들도 비행기가 날아오르며 붕 뜨는 기분에 잠시 말을 멈췄다.

「출항 00:03 경과」─프랑스 주부 '카뮈'.

카뮈는 반대 라인에 앉은 저 차갑게 생긴 여성의 말에 의기소침해진 아들 에비앙을 바라보았다.

버릇을 고친 것은 좋으나 일방적인 꾸짖음은 애들 교육에 좋지 않다는 평소의 원칙대로 기분을 달래주기 위해 창 쪽을 가리켰다.

『에비앙. 저기 봐, 별이 참 많지?』

3만 피트 이상 고도가 상승해 구름 위로 두둥실 떠오른 비행기였기에 별이 그 여느 때보다 선명하게 보였다. 에비앙도 그것이 신기한지 아예 창틀에 얼굴을 처박고 밖을 살피기 시작했다.

『엄마.』

『응?』

『저 별들은 왜 저렇게 반짝거리는 거야?』

조숙한 아들이긴 했지만, 그래도 감수성을 키워보라고 하고 싶어 고심하던 카뮈가 말했다.

『저 별을 보고 있는 사람들의 예쁜 꿈이 닿아서 그래. 에비앙 너도 꿈을 꾸면 저 별에 닿아서 누군가에게…….』

『난 안 돼.』

『안 돼?』

『한국 가서 여자 친구 다섯 명 사귈 거라서 내 꿈은 누가 보면 안 돼.』

감성적인 대답에 되돌아온 건 지극히 현실적인 열 살 남짓 사내아이의 욕망이었다.

『에비앙!』

찬란하고 희망적인 미래를 꿈꿔야 할 아들의 발언에 발끈한 카뮈가 소리를 치려던 때. 반대편에 앉아 있던 차가운 여인이 지나가듯 말했다.

『별이 반짝이는 건 지구의 대기 때문이지. 말하자면 눈속임. 허상.』

『허상이요?』

호기심을 보이는 에비앙의 눈길에 여인이 말을 이었다.

『별은 빛을 내지 반짝이진 않아. 태양을 봐. 핵융합. 점화. 그 반응을 붙들고 있는 건 만유인력이고.』

상당히 타당한 설명이 이어지자 오히려 에비앙은 고개를 끄덕였다. 그러나 카뮈는 아직은 하늘을 보며 꿈을 키워야 할 아이의 교육에 섣부른 고등이론은 방해된다는 눈빛을 쏘아 보냈다.

카뮈의 눈빛을 캐치한 여인이 무언가 깨달은 얼굴이 되더니 덧붙였다.

『만유인력은 서로를 끌어당기는 힘이야. 말하자면 사랑이지.』

『사랑?』

조금은 감성적인 대답에 카뮈가 안도하던 찰나.

『서로 너무 사랑하면 죽어. 블랙홀이 되거든.』

「00:15」─한국인 승무원 '이나은'.

"여기 있습니다."

"아, 고마워요."

이나은은 물병을 받아 들고 안도하는 민호에게 생긋 웃어 보였다.

"목이 많이 마르셨나 봐요."

"그보다 더 절실했어요."

기내의 액체 반입 규정이 까다로워서 이륙 즉시 꽤 많은 손님이 물을 찾는다. 그래서 별것 아닌 일이었으나 민호는 진심으로 고마워하는 눈빛을 보내고 있었다.

'되게 친절하네. 바람둥이로 나오는 드라마랑은 다른 느낌이야.'

착륙 즈음에 입국신고서를 작성하는 동안 사인과 사진을 부탁해야겠다는 즐거운 상상에 부풀며, 이나은은 그렇게 승무원 대기실로 돌아가려 했다.

"실례합니다, 승무원님."

사무장님으로부터 요주의 인물이라 들은 미셸이 갑작스레 한국어로 그녀를 불러 세웠다.

"네, 손님. 무슨 일이시죠?"

"인터넷 접속을 해야 하는데 'Wi-Fi'는 어떻게 사용해야 합니까?"

한국인 승무원에게 프랑스어가 아닌 한국어로 물어오는 미셸의 세심함에 반한 이나은은 상냥한 음성으로 서버에 접속하는 방법을 알려 주었다.

"결제는 신용카드로 하시면 돼요. 그럼, 이만."

이나은은 미셸에게서 물러나다 옆자리 앉은 강민호와 눈이 마주쳤다. 다시 한 번 생긋 미소를 날린 뒤에 물었다.

"더 필요한 것 있으신가요?"

"괜찮아요. 바로 잘 거라서. 쥐 죽은 듯이 있다가 가려고요."

"쥐 죽은 듯이요?"

강민호는 서글서글한 웃음과 함께 말을 이었다.

"조용한 거 좋아하는 성격이거든요. 아무튼 고마워요. 한국 승무원이 계셔서 든든하네요."

말도 어쩜 저리 매너 있게 하는지. 이나은은 오늘부터 열혈팬이 될지도 모르겠다는 생각을 하며 민호를 떠났다.

「00:25」—매너 좋은 연예인 '강민호'.

민호는 호리병에 물을 부으며 노트북으로 메일을 확인 중인 미셸을 흘끔 보았다.

한국의 기업가를 대할 때나 세상 물정에 빠삭한 꼬마를 대할 때나 태도가 참 한결같았다. 그렇다는 건 자기만의 확고한 기준이 있다는 것이고, 지금은 그 기준을 뚫고 그녀의 가방 안에 든 애장품을 한번 구경해 보겠다는 말을 꺼낼 수가 없었다.

회중시계로 미리 대화 시뮬레이션도 해봤다. 돌아오는 건 '왜'냐는 물음.

은근슬쩍, 두루뭉술하게 나가면 기업가 같은 경우를 당하고 말았다. 여기에 합리적이고 이해 가능한 대답을 찾을 수가 없었기에 자꾸만 말문이 막혔다.

'이렇게 대화가 까다로운 애장품 주인은 처음 같아.'

바로 옆의 애장품을 향해 시너지를 나타내는 은은한 빛을 발산 중인 호리병을 보고 있자니 유혹은 거세졌다.

민호는 회중시계로 한 번만 더 시뮬레이션을 해보자는 생각에 손에 들었다. 대화할 거리를 생각하며 뚜껑을 열었다.

찰칵거리는 초침소리와 함께 5분간의 미래를 확인하던 그때, 마침 적절한 상황이 눈에 보여 새로운 방법을 한번 시도해 보기로 했다.

메일을 확인하다 가방을 열어 향수 샘플을 꺼내어 좌석의 간이 테이블에 늘어놓기 시작하는 미셸. 좌석 아래에 열린 그녀의 가방 사이로 빛을 내고 있는 병이 눈에 들어왔다.

민호는 다른 곳을 보는 척하며 기다리고 기다렸다. 그렇게 3분 정도 지났을 때 화장실에 들른 여자아이와 부모가 미셸의 옆을 지났다.

'이쯤이었는데.'

미세한 터뷸런스. 비행 중에 발생한 기체의 요동은 여자아이 부모의 보호본능을 자극했다. 균형을 잃을 정도는 아니었으나 여자아이의 팔을 반사적으로 붙잡는 행동. 그 때문에 바로 옆에 있던 미셸의 팔을 툭 치게 됐다.

『아.』

그녀가 손에 붙들고 있던 향수 샘플 하나가 바닥으로 떨어 졌다.

휙.

그 적기에 민호의 손이 움직여 그 향수병을 받았다. 마치 백팩을 보고 있던 와중에 우연히 손에 쥔 듯한 연출.

『여기요.』

미셸이 향수병을 건네받고 감사를 표했다. 민호는 이 정도 는 기본 매너라는 얼굴로 대수롭지 않은 척, 다시 백팩에서 물건을 꺼내기 시작했다.

―현재 기압이 불안정한 구간을 통과 중입니다. 승객 여 러분께서는 좌석에 앉아 계신 동안 안전벨트를 착용해 주 십시오.

기장의 방송과 함께 안전벨트 착용 등이 점등됐다.

이쯤에서 2차 터뷸런스가 왔다. 민호는 백팩에서 노트북 을 꺼내다가 '아' 하는 짧은 신음과 함께 실제로 균형을 잃고 옆을 짚었다.

그렇게 바닥에 있는 미셸의 가방 안에 자연스레 왼손을 넣 으며 번개처럼 손가락을 뻗어 빛이 나는 병에 가져갔다. 한 번 도움을 준 까닭에 의심은 제로.

'성공!'

호리병도 무릎에 올리고 있었기에 동시에 빛이 사라졌다.

민호의 눈앞으로 애장품에 담긴 추억이 스치고 지나갔다.

　－합성향료? 수천 송이의 꽃을 녹여 만든 천연 꽃 원액을 따라올 수 있다고 생각하시나요?

　－하지만 미셸. 이런 공정으로는 대량 생산을 할 수가 없어.

　－향수는 나를 표현하는 수단이에요. 이런 식이면 아버지의 제조법을 넘겨드릴 수 없어요.

　유리관이 가득한 향료 제조시설 안에서 벌어진 논쟁. 민호는 그 한쪽에 놓여 있는 에메랄드 빛 향수병에 시선이 머물렀다.

　저것은 미셸의 애장품이자 유명한 향료 장인이었던 그녀의 아버지가 남긴 마지막 정수가 담긴 물건이었다.

　『이런, 죄송합니다.』

　몸을 일으킨 민호가 미셸에게 사과했다. 미셸은 괜찮다고 민호 쪽은 쳐다보지도 않은 채 가볍게 손을 흔들고 샘플 분류 작업에 열중했다.

　역시 대화가 어려운 상대에겐 말발로 어찌하려 들기 보다는 행동이 제격이다.

　'가만, 장인의 향수라면?'

　민호는 시너지 효과를 기대하며 호리병을 손에 쥐었다가 설마 하는 표정이 됐다. 호리병을 몇 번 흔드는 과정. 그리고 뚜껑을 열었다.

"헐."

한국에서 유행하는 놀랐을 때의 신음을 내뱉자 미셸이 잠시 고개를 돌렸다. 민호는 아무것도 아니라는 미소로 위기를 넘긴 뒤에 호리병에서 풍기고 있는 강렬한 꽃향기를 다시금 맡아 보았다.

꽃, 식물의 잎, 과일, 나무껍질 같은 식물성 향료와 머스크와 시벳, 캐스토리움 같은 동물성 향료가 조화된 이 액체.

무려 600가지가 넘는 원료를 바탕으로 탄생한 궁극의 향(香)이 가진 풍미에 감동해 그도 모르게 입을 헤벌쭉 벌리던 민호는 이런 표정을 누가 볼까 얼른 마개를 닫았다.

조금만 뿌려도 진한 향을 남기는 향수의 특성상 코가 마비될 법도 하건만, 이것은 은은했다. 그럼에도, 온 세상이 달라 보일 만큼 민호의 가슴속에 화사한 기쁨을 선사했다.

'황홀해.'

무지개 꽃가루가 휘날리는 공간 안에 홀로 앉아 있는 기분이었다. 아니, 실제로 눈앞에 꽃가루가 보이기까지 했다.

민호는 호리병이 가진 진정한 가치를 깨달았다. 머릿속에 제조법이 선명하게 남아 있는 액체라면 그것으로 언제든 탈바꿈시켜 줄 수 있는 능력. 취화정도 그렇고 발효액도 그렇고. 자신에게만 특화된 효과를 보였다.

하다못해 콜라 만드는 비법을 안다면 자신만큼은 호리병

에서 콜라 맛을 느낄 수도 있다는 말이었다.

새로운 쓰임을 발견해 좋아하던 민호는 향기의 여운이 점점 사라지며 선명했던 제조법도 기억에서 가물거리기 시작한 것을 느꼈다.

박사마을에서 익힌 발효액 비법처럼, 이것의 제조법도 확실하게 기억할 만한 여유가 필요하다는 것을 파악하기까지는 많은 시간이 걸리지 않았다.

민호의 눈동자가 미셸을, 그녀의 가방을 향했다. 주눅 들어 있던 이전과는 확연히 다른 호기심과 애정이 듬뿍 담긴 기색으로.

「01:00」−동양인 의사 '문채은'.

와이파이에 접속하자마자 한국에서 걸려온 인터넷 전화에 문채은은 휴대폰의 버튼을 눌렀다.

"희철 선배님."

−어, 채은 선생 들려? 이거 감도가 별로네. 실시간 영상 전송은 무리겠다. 하 교수님이 환자 상태 미리 보자고 하셔.

"알겠어요. 사진 찍어서 전송할게요. 차트는 도착했죠?"

−모처럼 외국 나간 건데 며칠 더 즐기다 오지. 굳이 채은 선생이 동승 안 해도 됐어.

"일 때문에 온 거니까요."

─수요일에 '메디컬 24시' 촬영 있어서 귀국하는 건 아니고? 강민호 씨 2주 만에 만나려니 막 설레고 그러지?

휴대폰을 쥐고 있던 문채은의 손이 살짝 움찔했다. 아직은 먼 한국 땅에 있을 이희철이 그것을 알아챌 리가 없건만 그녀는 도둑이 제 발 저린 심정이 됐다.

─왜 말이 없어? 혹시 부끄러워하는 거야?

─누구 얘기? 그 의사 뺨치는 젊은이? 난 이 결혼 찬성.

"주, 준성이 깼네. 이따가 연락드릴게요!"

옆에서 하 교수의 목소리까지 들려오자 문채은은 얼른 대꾸하고 통화종료 버튼을 눌렀다.

"후우."

한숨을 내쉰 문채은은 일등석의 침대에 누워 있는 환자에게 물끄러미 시선을 돌렸다. 한곳에 시선을 집중하고 있지 못한 아이는 몸을 뒤척이기만 할 뿐 아무 표정도 짓지 않았으나, 그녀는 머리를 쓰다듬으며 사과했다.

"네 이름 팔아서 미안. 갑자기 그 사람 이름이 나와서 당황했어."

아이는 이해 못 할 신음만 흘릴 뿐, 대답이 없었다.

이 환자의 이름은 신준성. 프랑스의 한 가정에 입양되어 지내던 아이었다. 아이를 한국으로 데려가 진단을 내리고 치료하려는 이유는 간단했다.

자폐증.

게다가 원활한 소통을 하려면 한국어로 이야기할 수밖에 없었다.

외부로 드러나는 병증만으로는 확진을 내리지 못하는 프랑스 의료진들에게 실망한 부모가 선택한 것은 당연하게도 한국어가 가능한 의료진이 있는 곳이었고, 국내 의사협회에서는 한국의 진단의 중에서 최고라는 하우선 교수를 추천했다.

"한국 가면 네 병도 싹 고칠 수 있을 거야. 하 교수님이 괴팍하긴 해도 병만큼은 잘 찾아내시거든. 엄마랑 아빠도 세 밤만 자고 오신다니까 외로워도 조금만 참아."

문채은은 불쌍하기만 한 아이의 머리를 쓸어 넘기며 착 가라앉은 표정이 됐다가, 자신까지 우울해한다는 것이 왠지 미안해져 이내 밝은 미소를 지었다.

"준성이 심심하지? 선생님이랑 재미있는 놀이 할까?"

프랑스인 부모에게서 평소 준성이가 좋아했다는 장난감을 얻어온 터라 선반을 열어 상자를 꺼냈다.

"뭐가 좋아? 그림 그리기? 변신 로봇?"

뒤적거리며 하나씩 꺼내는데, 그녀의 뒤편으로 승무원들이 영어로 대화하며 지나갔다.

『나은. 미셸 어땠어?』

『한국어 잘하던데요? 그렇게 까다로운 서비스를 요구하지도 않고.』

『그 연예인은?』

『강민호 씨요? 매너하며 인상도 좋고. 보면 볼수록 매력 있었어요.』

퍼즐 조각을 꺼내 아이의 눈앞에서 흔들던 문채은은 이 말에 눈이 커졌다.

'민호 씨가 이 비행기에 있다고?'

「01:30」-의사 뺨치는 젊은이 '강민호'.

민호는 30분째 주의 깊게 살피던 미셸이 드디어 화장실에 가기 위해 일어선 것을 보고 호흡을 가다듬었다.

'최대한 길게 만져야 해.'

애장품의 지식이 번득일 때 그 제조법을 반지를 통해 확실히 각인하려는 계획.

민호는 동전을 손에 쥐고 있다 바닥에 떨어뜨리며 전형적인 대사 '어이쿠, 이런'을 내뱉고 몸을 숙였다. 점자시계를 터치해 미셸이 언제 나올지 동향을 살피며 그녀의 애장품 향수병에 손끝을 댔다.

장인이 만든 정수의 이름은 파라다이스.

기초 향료를 선택해 꿈으로 가는 토대가 되는 베이스 향을 조합한 뒤, 모디파이어라 불리는 살 붙이기 향료를 첨가. 조합통에 방향수지와 결정성 향료로 휘발도를 조합하는 과정까지.

반지의 능력을 사용해 일사천리로 중얼거리며 집중해서 머릿속에 각인시켰다.

벌컥.

그사이 미셸이 들어갔던 화장실 문이 열렸다.

아직 반도 외우지 못했으나 민호는 상체를 들어 아무 일도 없는 척 고개를 돌려야 했다.

'파라다이스라. 한자로 바꾸면 극락향이라고 불러야 하나?'

여운이 사라질 때까지 제조법을 기억하며 중얼거리던 민호는 미셸이 옆자리에 앉자 침묵을 지킨 채로 호리병을 손에 쥐었다.

흔든 뒤에 마개를 열었다.

꽃향기가 물신 풍기는 것이 취화정이나 발효액은 결코 아니었다.

'된 건가?'

그러나 아까처럼 꽃가루가 훨훨 날아다니는 황홀경은 느껴지지가 않았다. 제조법이 불안정하다는 방증. 다시 미셸이 화장실 가기를 기다리려면 한참이 걸리겠지만 시간적 여유는 충분했다.

이런 식으로 한 번, 혹은 두 번만 하면 제조법 기억은 완벽해질 테니까.

−한스 승무원. 이런 말 하긴 뭣하지만, 이상하게 소변이 안 나오네. 와인을 마셔서 방광이 아픈데 말이네.

민호는 그러다 점자시계를 터치한 것 때문에 전방의 복도에서 들리는 대화가 고스란히 귀에 들어와 기억되기 시작하자 반지를 뺄지 말지를 고민해야 했다.

−그래요? 어디 아파 보이진 않으신데.

−눈도 좀 흐린 것 같고. 어지럽기도 하고.

−일단 여기 앉으세요. 심호흡 해보시고요. 기압 차이로 몸이 적응하지 못한 걸 수도 있으니까요.

대화가 끝나는가 싶었는데 난데없이 쿵 하는 소리와 함께 승무원의 짧은 비명이 울렸다.

−한스, 무슨 일이야?

−부사무장님. 코폴라 씨가 갑자기 기절을……. 일등석에 의사분 있다고 하지 않았나요?

−인터컴 넣어볼게.

이 소란스러움에 노트북으로 작업 중이던 미셸도 고개를 들어 앞을 바라봤다. 이등석과 일반석이 이어진 복도 사이에 한 사람이 쓰러져 발만 내놓고 있는 모습이 보였다. 급히 커튼을 치는 승무원의 모습을 본 미셸이 자리에서 일어났다.

'어딜 가는 거지?'

미셸이 앞으로 걸어가는 사이, 민호는 좌석 아래의 가방에 시선이 돌아갔다. 앞의 상황에 사람들이 관심이 온통 쏠린 지금은 저걸 대놓고 만져볼 절호의 기회이기도 했다.

하지만 점자시계로 엿들은 대화로 미루어 저 코폴라라는 이에게 응급한 처치가 필요할지 모른다는 것이 마음에 걸렸다.

'몰래 만져보는 거야 기회를 만들면 되니.'

민호는 옆 좌석의 가방이 아니라 자신의 좌석에 있는 백팩에 손을 넣어 이번 주에 돌려주기로 했던 최임혁의 응급의학서를 손에 쥐었다. 그리고 자리에서 일어나다 승무원에게 상황을 꼼꼼하게 묻고 있는 미셸의 모습을 보았다.

『노약자 한 분이 갑자기 기절하셨다고요? 의사가 오고 있는 중이고. 숨은 제대로 쉬고 있어 큰일은 아닌 것 같고.』

그녀가 뒤칸 전체에 들릴 수 있도록 일부러 크게 말한 탓에 괜한 불안감에 웅성거리던 승객들이 조금씩 잠잠해졌다.

앞으로 걸어가던 민호는 문득 이 효과를 노리고 그녀가 일부러 나선 것이 아닌가 하는 생각이 들었다.

되돌아오는 미셸과 시선이 마주쳤다. 한결같은 냉랭한 눈길. 민호는 헛기침만 하고 옆으로 비켜서 그녀를 통과했다.

커튼으로 다가가자 승무원 하나가 앞을 막았다.

『손님, 화장실을 이용하실 거라면 꼬리 쪽을 이용해 주십시오.』

『코폴라 씨를 잠시만 볼 수 있을까 해서요.』

'당신이 무슨 일로?'라는 승무원의 표정에 민호는 한국의 응급의학 전문의의 지식을 품에 안은 연예인이라는 도저히 믿지 못할 설명을 차마 못 하고, 이렇게 대꾸했다.

『소변장애에 시야 흐려짐에 대한 의견이 있는데 의사님에게 전달을 좀 하고 싶어서요. 제 아버지도 비행기를 타시다가 비슷한 증상을 겪으셨거든요.』

안에 있던 한스가 민호의 음성에 커튼을 열었다.

『맞아요. 맞아. 코폴라 씨도 똑같았어요.』

집에서 도통 나오지 않는 아버지 윤환까지 팔아 치우며 커튼을 통과했다. 최임혁의 애장품을 손에 쥐었을 때부터 짐작 가는 바가 있었기에 민호는 쓰러져 있는 70세 노인을 훑어보자마자 알 수 있었다.

『스코폴라민 때문 같아요.』

한국에서는 일명 '키미테'라 불리는 멀미약. 부교감 신경 억제제인 스코폴라민이 함유된 이 약의 부작용은 한국에서도 꽤 흔하게 응급실에 오는 사유가 되기도 했다.

『스코폴라민?』

설명을 이해 못 하는 눈치인 한스와 다른 승무원들의 눈길에 민호는 차근차근 이야기를 시작했다.

『저기 귀 아래 붙인 멀미약 보이시죠? 경피 흡수 패치. 이 멀미약에는 스코폴라민이라는 항콜린성 물질이 함유되어 있어요. 실제로 피부를 통과해 약 성분이 혈류를 타고 온몸을 순환하게 되기 때문에……..』

설명하며 노인의 목 부근에 큼지막하게 붙은 멀미약부터 제거하던 민호는, 이등석 쪽에서 갑자기 걸어 나온 한 여인을 보고 놀라서 눈이 커졌다. 여성 승무원의 깔끔하고 단정한 모습보다 훨씬 고운 선을 뽐내고 있는 전형적인 동양미인이었다.

"문채은 선생님?"

"민호 씨?"

「01:45」−멀미약에 기절한 노인 '코폴라'.

정신을 잃었던 코폴라가 눈을 뜨고 가장 처음 목격한 것은 두 젊은 동양인 남녀의 얼굴이었다.

"의식이 돌아오셨어요. 동공이 살짝 산동 됐는데 대광반사는 정상이네요."

왼쪽의 여인이 자신의 눈에 대고 핀 라이트를 비추며 알

수 없는 언어를 중얼거렸다.

'여기는?'

좁은 복도의 바닥, 머리맡에 누군가의 옷 뭉치가 베개로 대어진 이 상황이 처음에는 도무지 이해가 가지 않았다. 그래서 코폴라는 어리둥절한 표정이 되어 물었다.

"Hol van ez a hely?"

자신의 말에 다들 꿀 먹은 벙어리가 됐다. 뒤편에 있던 승무원이 의아한 표정으로 말했다.

『저거 헝가리어 아니야? 코폴라 씨 방금까지 프랑스어 잘하셨는데.』

『'여기가 어디냐?'는 물음이에요. 중추성 항콜린 증상이라 일시적으로 기억 장애가 오신 것 같아요.』

동양인 남성은 코폴라 옆에 바짝 앉으며 헝가리어로 물어왔다.

『코폴라 씨. 몸은 괜찮으세요? 어디 움직이는 게 불편하시다거나, 감각이 없으시다거나.』

『몸은 괜찮네.』

『여기가 어딘지 아시겠어요?』

코폴라는 왜 누워 있는지가 기억에 없던 탓에 한동안 고민에 빠져야 했다. 바닥을 타고 느껴지는 진동이나 주위를 둘러싸고 있는 이들의 복장을 토대로 비행기 안이라는 일반

적인 인식은 가능했으나 그 이상의 기억은 깜깜하기만
했다.

『너무 불안해하지 마세요. 증상의 원인이었던 멀미약 패치
는 제거했으니까 시간이 지나면 진정될 겁니다.』

코폴라를 안정시킨 남성은 옆의 여인에게 고개를 돌렸다.

"채은 선생님은 어때 보여요?"

"심망이 발생하긴 했어도 다른 곳의 이상은 없어 보이네
요. 민호 씨의 빠른 대응 덕분이에요."

"뭘요, 제가 뭐 한 게 있다고."

"아니요. 저 혼자 진찰했으면 신경 증상만 보고 오진했을
거예요. 그런데 헝가리어는 어떻게 그렇게 잘하세요?"

코폴라를 한차례 내려다본 남성이 머리를 긁적였다.

"겨, 겸사겸사 익히다 보니까…… 하하. 그나저나 채은 선
생님이 이 비행기에 타고 있을 줄이야. 깜짝 놀랐어요."

"저도요."

동양인 남성을 바라보는 여인의 눈길에는 봄바람이 가득
했다. 코폴라는 인지 능력이 저하된 상황에서도 저 여인이
남성에게 관심이 있음을 어렴풋이 눈치챘다.

『코폴라 씨. 여기 문채은 선생님이 혈압 체크를 해볼 겁
니다. 나이가 있으시다 보니까 혹시 모를 증상을 대비하기
위함이에요.』

남성의 통역에 코폴라는 고개를 끄덕였다.

잠시 후.

자신의 상태를 주의 깊게 살피던 두 동양인은 기초적인 검사를 모두 끝내고 물러섰다. 리더로 보이는 승무원이 걱정스러운 표정으로 두 사람에게 다가섰다.

『코폴라 씨는 어떻습니까?』

여의사가 영어로 진료 경과를 보고했다.

『심망 증상은 완화되고 있어요. 이제 안정만 취하시면 될 것 같네요.』

『감사합니다, 닥터 문.』

『저희는 이만 가볼게요, 사무장님.』

『갑작스러운 부름에 응답해 주셔서 감사합니다.』

『조치는 여기 민호 씨가 다 한걸요.』

『'미스터 강민호'도 정말 감사합니다. 한스, 소피. 코폴라 씨를 좌석으로 옮겨줘.』

두 동양인이 사라지고, 어느 정도 몸을 가눌 수 있게 된 코폴라도 승무원의 부축을 받아 복도에서 일어섰다.

'코폴라 프란시스. 이게 내 이름이고, 난 여행 중이었어.'

증세는 많이 호전됐다. 은퇴한 뒤에 버킷리스트를 작성해 세계 각지를 여행 중이고 있다는 사실까지 떠오르자 이것이 인천행 비행기였다는 것도 알게 됐다.

『한스. 저 동양인 남자 한국의 연예인이라고 하지 않았어요? 드라마 배우라고.』

『나도 그렇게 들은 것 같아.』

흐릿했던 인지기능이 회복되어감에 따라 코폴라는 자신이 프랑스어를 할 수 있다는 걸 다른 승무원들의 대화를 이해하며 확인할 수 있었다.

『헝가리에서 자랐나? 아까 사무장님께 통역해 주는 거 봤죠?』

『나한테는 응급 약품 키트에 항콜린 에스터라제가 있나 물어보더라. 신경 증상에 필요한 약이래. 저 의사 선생님보다 대처가 능숙해 보였어.』

『뭔가 능력자를 연기하는 배우 같지 않아요? 동양에서 온 신비한 남자 같은.』

『소피는 관심이 가나 봐? 이나은 승무원이 사인 받으려고 벼르고 있던데 같이 받던지.』

『사인? 이럴 때는 연락처를 노려야죠. 나중에 따로 만날 수 있게.』

연이은 칭찬이 이어지자 코폴라는 자신이 여의사뿐만 아니라 그 동양인 남성에게 빠른 응급처치를 받아 쉽게 회복했다는 사실을 깨달았다. 어쩌면 이 자리에서 큰일을 당할 수도 있었다는 것. 그 남성은 도움을 준 것에 대해 어떠한 대가도 바라지 않은 채 사라졌다.

'고마운 일이군.'

좌석에 돌아오고 난 뒤, 여승무원이 포근한 담요 하나를 가져다주었다.

『이보오, 소피 승무원.』

『어? 코폴라 씨 이제 프랑스어 하시네요?』

『모국어를 안 한 지 20년이 넘었는데 경황이 없다 보니 결국 그것만 튀어나오는군. 그나저나 날 구해준 그 '동양의 신비남' 이름이 뭐라고 했나?』

『미스터 '강민호'요?』

『'강민호'라.』

짧게 이름을 중얼거려 본 코폴라가 떠나려는 소피를 불렀다.

『소피 승무원. 요즘 젊은이들이 좋아할 만한 선물을 좀 권해 주게나. 두 사람에게 보답하고 싶군.』

좌석 앞에 비치된 면세품 책자를 꺼내 내밀자 여승무원이 웃으며 대답했다.

『남자 분은 술이나 향수를 많이 주문하시고, 여자 분은 화장품을 주로 주문하세요.』

『그래?』

그렇게 승무원에게서 추천을 받아 구매한 향수는 강민호

의 좌석으로, 겨울 시즌 인기 색상이라는 자줏빛 립스틱은 여의사의 좌석으로 보낸 코폴라는 안주머니에서 버킷리스트가 적혀 있는 수첩을 꺼냈다.

그리고 그중 하나, '마음 가는 이에게 선물하기'에 체크한 뒤 만족한 표정을 지었다.

「02:10」—미스테리어스 이스트맨 '강민호'.

코폴라가 쓰러져 있던 화장실 칸을 나온 민호는 문채은과 기내 2층의 복도를 걸었다. 승객용 간이 휴식공간이 있는 머리 부분에 도착하자 두 사람은 본격적으로 근황을 나누기 시작했다.

"민호 씨의 비행편이 지연됐다고요?"

"네. 마지막 좌석을 겨우 얻어 탔어요."

"그래서 같은 비행기에 타게 된 거였군요."

문채은은 한국도 프랑스도 아닌, 3만5천 피트의 상공에서 우연히 마주쳤다는 것이 반갑고 신기한 눈치였다. 외교부 행사 때문에 파리에 온 자신의 사정을 전해 들은 그녀도 왜 이곳에 있는지를 밝혔다.

"저는 의료협회에서 하우선 교수님께 의뢰한 일 때문에 파리에 들렀다 오는 길이었어요."

"의뢰요?"

"병명을 알 수 없는 한국인 환자를 진단해 줄 수 없느냐고……."

문채은은 미안하다는 얼굴이 되어 말을 이었다.

"준성이 진단회의가 수요일로 잡혔는데, 아마도 민호 씨 오는 날 확진을 내리시려고 그러시는 것 같아요."

"또 젊은이 찾으러 막 쳐들어오시겠네요."

민호는 희귀 케이스에만 집착하는 문채은의 특이한 담당 교수를 떠올리고 상황을 대충 이해했다.

"저희가 민호 씨 방송 방해하고 그러는 거 아닌지 모르겠어요."

"에이, 괜찮아요. PD님은 오히려 진단의학과에 자주 가줬으면 하는 걸요. 하 교수님과 제가 케미가 좋다나 뭐라나. 맞다, 채은 선생님이 출연하는 화랑 아닌 화랑 시청률 차이가 크게 나는 거 알아요?"

"제, 제가요?"

문채은이 동그랗게 눈을 떴다. 검은 정장치마에 흰색의 반팔 블라우스를 정갈하게 차려입은 그녀는 별달리 꾸미고 있지 않음에도 수수한 매력을 한껏 드러내고 있었다.

잠잘 시간도 부족한 인턴의 특성상 '메디컬 24시'를 챙겨 보진 않았을 것이기에 민호는 그녀를 칭송하는 네티즌들의 반응 몇 개를 전해 주었다.

"사람들이 채은 선생님께 '의학계의 여신'이라든지 '백의의 아이돌'이라는 별명도 붙여준걸요."

"아⋯⋯."

방송의 인기에 고개를 푹 숙이고 수줍어하는 의학 여신의 자태는 혼자 보고 있기 아까울 정도였다.

'똑 부러지는 의사인 데다가 천연의 미모까지. 남자 시청자들이 환호할 만하지.'

그런 문채은과 가볍게 사담을 나눌 정도로 친하다는 사실에 내심 흐뭇해하던 민호는 실핏줄이 보일 만큼 새하얀 그녀의 이마에 시선이 머물렀다.

방송 전에 매번 메이크업을 받다 보니 저렇게까지 투명한 피부톤을 유지하려면 상당한 미백 화장품이 필요하다는 것을 알고 있었다.

'가만. 이거 정말 창백한 거 아닌가?'

최임혁의 애장품을 지니고 있기 때문인지 그도 모르게 얼굴빛을 보고 상대의 건강상태를 짐작해 보게 됐다. 어딘가 아프지 않고서야 핏기가 없이 해쓱할 정도의 피부톤이 될 리가 없다는 자연스러운 예측.

민호가 얼굴을 유심히 들여다보자 문채은이 당황했다.

"왜, 왜요?"

"채은 선생님 얼굴이⋯⋯."

"저 못나 보이죠? 잠을 거의 못 잤거든요. 손도 퉁퉁 붓고."

뺨에 손을 올린 채, 간단한 크림조차 바르지 않은 푸석푸석한 얼굴을 부끄러워하는 그녀의 행동에 민호는 피로가 중첩되어 그런 것이라는 결론에 도달했다.

"환자를 보살피면서 이송을 돕는 게 쉽지 않은 일이죠."

잠시 걱정이 들었던 민호는 이내 안심하며 수요일에 참여할지도 모를 케이스에 대해 질문했다.

"진단회의가 3일 후인 걸 보면 환자 상황이 급한 건 아닌가 봐요?"

"정밀 검사를 해봐야 알겠지만, 생명과 직결된 병증 외에 근육 계통의 문제라고 추측하고 있어요."

환자의 고통을 전해 들은 민호는 '저런' 하고 혀를 차며 안타까워했다.

─손님 여러분, 편안한 비행 하고 계십니까? 잠시 후 저녁 식사를 준비해 드리겠습니다. 식사 서비스 후에는 면세품 판매를 시작할 예정입니다.

그사이 승무원 칸 안쪽에서 첫 기내식을 준비하기 위해 분주히 움직이는 모습이 눈에 들어왔다. 민호는 제자리로 돌아가야 할 시기가 왔음을 느끼고 문채은에게 말했다.

"반가웠어요. 채은 선생님."

빙긋 웃으며 인사하는 민호에게 문채은은 아쉬운 표정을

지었다가 이내 미소로 화답했다.

"수요일에 봬요, 민호 씨."

그녀가 등을 돌려 계단을 내려갔다.

68.
에어버스 원(3)

「02:15」―순항 중인 FR380의 기장 '루크'.

[북위 49도 32분 41초, 동경 24도 7분 20초.]

우크라이나의 영공에 들어왔다는 계기판의 표시에 루크는 손목시계에 시선을 던졌다.

『여기까지 2시간 15분인가.』

겨울철이라 강해진 편서풍의 영향 탓에 예정보다 10분 더 빠르게 우크라이나의 하늘을 날게 됐다.

―식사 가져왔습니다.

조종실 밖에서 프랑수아의 목소리가 들려왔다.

『들어와요.』

잠금 해제된 문이 열리고, 쟁반 두 개를 든 사무장이 들어섰다. 루크는 아까부터 꼬르륵거리는 배를 쓰다듬고 있던 부기장 폴로를 돌아보았다.

『먼저 먹어. 출출해서 못 버티겠지?』

『감사합니다, 기장님.』

뒤쪽의 탁자에 음식을 내려놓은 프랑수아는 비행 경로 모니터를 통해 벌써 우크라이나 상공을 한창 비행하고 있음을 확인하고 물었다.

『루크 기장님. 저희 한 30분은 먼저 도착하겠죠?』

『그건 알 수 없는 일이에요. 폴로랑 비행하면 항상 사고가 터질 위험을 염두에 둬야 하거든.』

조종간에 손을 대고 있던 루크가 폴로를 흘끔 보고 말을 이었다.

『배탈이 나서 8시간 동안 화장실에만 틀어박혀 있는 일 같은 거.』

빵 한 조각을 뜯어 막 우물거리던 폴로는 초임 비행 시절의 일을 언급하는 루크의 말에 캑캑거렸다. 프랑수아가 잔에 물을 따라 그에게 내밀었다.

『고마워요.』

물을 삼킨 폴로가 투덜거렸다.

『10년도 넘은 얘기를 아직 하십니까?』

『횡풍제한 넘지도 않았는데 회항해야 한다고 고집을 피웠던 거는?』

『레, 레이더에서는 에코가 파도처럼 출렁였다고요.』

안전제일주의 부기장 덕분에 사실은 편안히 비행하고 있던 루크는 계속된 놀림에 발끈하는 폴로를 보며 픽 웃었다.

『꼭꼭 씹어 먹어 폴로. 일부러 체해서 '랜딩'까지 나한테 떠넘길 생각 아니면. 사무장님. 혹시 연착되면 폴로 탓이라고 안내 방송해 줘요.』

『기장님!』

투닥거리는 둘의 대화에 프랑수아도 뒤에서 부드럽게 웃었다.

한동안 껄웃던 루크가 프랑수아를 돌아보았다.

『객실은 별일 없죠? 그 노인은요?』

『손님 한 분의 응급 대응이 빨라서 금방 회복하셨습니다.』

아까는 간략한 보고만 들었을 뿐이기에 폴로가 식사하는 동안 상황을 자세히 전해 들었다.

『한국의 연예인이? 그분께 보답은 확실히 해두세요.』

『'프리미엄 서비스' 지시는 해두었습니다.』

폴로가 식사를 끝내고 부조종석에 앉았다. 교대한 루크가 뒤로 나오며 물었다.

『그런데 어떤 연예인이기에 헝가리어까지 하는 거죠?』

『드라마 배우라고. 아, 이나은 승무원이 프랑스인 '알랭'으로 출연 중이라고 한 말을 들었습니다.』

『알랭? '알랭 들롱'에서 따온 건가? 이거 사인이라도 받아
둬야 하는 거 아니야?』

「02:30」-프랑스 미남 배우와 비견되는 연예인 '강민호'.

꼬리칸의 좌석으로 되돌아온 민호는 노트북에 시선을 고
정한 채로 한결같이 작업 중인 미셸을 보고 아까 못했던 작
업을 끝마칠 궁리부터 시작했다.

앞쪽에서 기내식이 담긴 카트를 밀며 승무원이 움직이는
것이 보였다.

『비프 소테와 치킨 불고기입니다. 무엇을 드시겠습니까?』

바로 옆까지 카트가 왔음에도 미셸은 고개도 돌리지 않은
채 안 먹겠다는 의사를 밝혔다. 민호도 그다지 배가 고프지
않아 식사는 됐다는 의사를 밝히려다가 다른 이와는 전혀 다
른 메뉴의 쟁반을 내미는 승무원을 보며 고개를 갸웃했다.

『이게 뭐죠?』

『사무장님께서 도움에 대한 보답으로 비즈니스 클래스의
기내식으로 서비스하라는 지시를 내리셨습니다.』

『아…….』

밀봉되어 있는 일반석의 음식이 아닌, 고품격 레스토랑의
메뉴 같은 음식이 민호의 간이 식탁 위에 올라왔다.

레몬과 올리브유로 양념한 새우와 훈제오리 필레, 마스카르포네 치즈와 오렌지로 만든 소스까지. 식욕을 돋우기 위한 애피타이저부터 급이 다른 코스 요리가 이어지자 주위의 시선이 집중됐다.

　『잘 먹을게요.』

　민호는 주는 것을 사양하기도 그렇고, 향긋한 냄새가 진동한 탓에 감사히 받아들였다.

　와구와구. 왁자지껄.

　그렇게 모두 식사를 끝내고 한적해진 시간이 왔다.

　부푼 배를 두드리며 만족스러운 미소를 짓던 민호는 한동안 애장품을 만져볼 기회를 노리기 힘들겠다 싶어 창문 쪽으로 눈을 돌렸다. 이렇다 할 경치는 구경할 수 없으나 별빛 아래를 비행하고 있다는 것만큼은 운치가 있었다.

　그러다 유리창에 비친 그녀를 지켜보게 됐다.

　미셸은 시끄러운 식사 소리와 승객들이 떠드는 소리에도 불구하고 전혀 흔들리지 않고 자기 일에만 집중하는 중이었다.

　간이탁자 위의 향수 샘플을 조합해 시향지에 묻혀 향을 맡고 분석한 결과를 적는 행동.

　가만히 있다 보니 그 향이 언뜻 민호에게도 풍겨왔다.

　'냄새 좋네. 파라다이스만큼은 아니지만.'

이미 최상의 향수를 한번 접해본 탓에 자꾸만 생각이 났다. 아쉬움에 호리병을 흔들어 마개를 열었으나 미완성으로는 도무지 만족감이 들지 않았다.

기회를 노리는 민호의 지루한 기다림이 계속되던 때, 옆자리의 남자아이와 그 어머니가 떠드는 소리가 들려왔다.

『엄마, 자꾸 꽃 냄새가 나.』

『꽃?』

아이의 말에 향수 샘플 중 하나의 마개를 열던 미셸이 고개를 돌렸다.

『꼬마야. 이 향이 방해되니?』

『아니요. 근데 이게 다 뭐예요?』

『우리 회사의 향수 시제품. 최고급이지.』

아이가 킁킁거리며 코를 바짝 붙였다.

『비싼 거 맞죠?』

미셸은 별다른 표정변화 없이 고개를 끄덕였다. 그리고 하던 작업을 계속 이어 나갔다. 그녀가 아까부터 무뚝뚝하게만 대함에도 아이는 호기심 가득한 눈길로 대놓고 그녀의 작업을 살폈다.

'저런.'

이륙할 때의 일도 있고, 민호는 미셸이 발끈하면 큰일 나겠다 싶어 걱정부터 앞섰다.

『어머, 에비앙! 그렇게 들여다보면 못써.』

다행히 아이의 어머니가 좌석을 벗어난 꼬마를 붙잡아 앉혔다. 어머니는 아이가 향수에 관심을 가졌다고 생각했는지 예의 감성적인 설명을 이어 나갔다.

『저건 말이야, 꽃들의 눈물을 담은 것이란다.』

『엄마. 나도 향수가 뭔지는 알아. 열 살이라고.』

『아, 알아?』

아이가 머리를 절레절레 흔들었다.

『눈물이 아니야. TV 광고에서 봤는데 향수는 또 다른 패션이래.』

『패션?』

『상대방에게 좋은 인상을 줄 수 있는 호소력을 지닌 물건이라고. 나도 하나만 사줘, 엄마. 냄새가 좋으면 한국의 그녀들도 나한테 호감을 느낄 거야.』

보통은 장난감을 사달라고 조르게 마련이건만. 현실적이다 못해 적나라하기까지 한 에비앙의 요구에 그의 어머니는 또다시 패닉에 빠졌다. 민호는 노트북의 화면에 차가운 시선을 던지고 있던 미셸이 피식 웃는 것을 느꼈다.

『꼬마야.』

미셸이 에비앙에게 샘플 중 하나를 내밀었다.

『가져. 순한 거라 꼬마에게도 알맞을 거야.』

『우와아!』

횡재했다는 표정으로 샘플을 받아 든 에비앙은 마개를 열어 한 방울 손목에 묻히더니 양 뺨에 슥슥 문질렀다. 그리고 나서 여승무원에게 실험해 보겠다며 버튼을 누르려는 걸 어머니가 다급히 뜯어말렸다.

재밌는 모자지간이라는 생각에 '픕' 하는 웃음을 터뜨리는 민호에게 승무원 하나가 작은 쇼핑백을 들고 와 내밀었다.

『어? 이건 또 뭐죠?』

『코폴라 씨가 보내는 선물입니다.』

『저한테요?』

승무원이 민호에게 자꾸만 무언가를 가져다주자 미셸도 궁금했는지 시선을 흘깃 돌렸다.

포장을 열어보니 명품으로 익숙한 향수회사의 로고가 박혀 있는 박스가 들어 있었다. "비싸 보이는데?" 하며 박스를 꺼내 병을 살피는 민호에게 미셸의 무심한 음성이 날아들었다.

"좋은 향수입니다. 백단. 삼나무의 향 일품."

"아, 그래요?"

"그러나 내가 호의로 준 것이 훨씬 고급."

약간 질투하는 눈치. 일에만 집중하고 있던 미셸이 무려 한국어로 던져온 말에 민호는 머쓱한 웃음을 지을 수밖에 없었다. 졸지에 향수만 2개가 생겼으나 민호가 원하는 것은 이것이 아니었다.

『저, 대표님.』

이대로 얼마나 기다려야 할지 기약할 수 없어 민호는 과감히 결단을 내렸다.

『혹시 대표님 회사에서 '파라다이스'라는 향수도 판매하나요?』

미셸이 민호 쪽으로 물끄러미 시선을 돌렸다.

『예약제로 소량만.』

『샘플이 있다면 향을 조금만 맡아봐도 될까요? 얼마가 되건 꼭 구매하고 싶거든요.』

민호는 가방 안에 들어 있는 미셸의 애장품을 건드려 볼 구실을 찾기 위해 이렇게 말을 꺼냈다. 그러나 돌아온 미셸의 대답은 냉정했다.

『100㎖에 7만5천 유로. 주문하고 최소 반년은 기다려야 합니다.』

유로를 계산해 보던 민호는 속으로 신음을 삼켰다. 한 병에 무려 일억. 여기서 더 얘기해 보면 애장품을 만져볼 기회는 얻을 수 있겠지만, 무조건 구매를 해야 한다는 단서가 붙게 된다.

'유품도 아니고.'

잠깐 만져보는 게 전부인 애장품을 위해 일억이나 투자할
수는 없는 터라 민호는 노선을 수정했다. 미셸이 자리 비웠
을 때 몰래 만지는 것이 여러모로 이득이다.

『시, 실례했습니다. 역시 수령 대기 시간이 상당했군요.』

말이 끝나기 무섭게 미셸이 되물었다.

『파라다이스는 제조공법이 까다로워 회사 홈페이지에도
정보가 없어요. 어떻게 아는 거죠? 오늘 저를 처음 본 거 아
니었나요?』

한국의 연예인이 아니라 앞선 '뷰티페이스샵'의 영업이사
처럼 다른 마음을 품고 앉아 있는 거 아니냐는 의심. 미셸이
민호를 날카로운 눈으로 직시했다.

1㎖에 백만 원을 호가하는 최상급 향수 제조공식을 어느
정도 이해하고 있다는 사실을 밝혔다가는 무슨 소리를 들을
지 몰라 민호는 재빨리 머리를 굴렸다.

『전에 한 번 맡아본 적이 있습니다. 그 향을 잊지 못해요.』

『파라다이스는 기억할 수 없는 향이에요. 수백 가지의 향
료가 배합되어 항상 새롭죠.』

이건 아까 회중시계로 여러 번 목격했던 대화패턴과 비슷
했다. '왜'라는 의문부호가 붙는 말에는 반사적으로 태클을
걸어오는 그녀. 한 번의 대답에 앞서 목격한 영업이사처럼
비행 내내 말 한번 못 붙여볼 상황에 부닥칠 수도 있었다.

『기억할 수 있습니다.』

민호는 괜한 오해를 사겠다 싶어 그저 변명이 아닌 솔직한 사실 하나를 밝혔다.

『첫 느낌은 꽃잎 비가 하늘에서 떨어지는 것 같았어요. 네 롤리의 화려하고 풍성함에 베르가못의 달콤하고 쌉싸름한 향이 부드럽게 감싸 주더군요.』

이때부터 민호는 제조법을 살짝 응용해 자신을 황홀경에 빠지게 했던 그 경험 속의 향을 객관적으로 설명해 나갔다.

『……아이리스는 어떻게 담은 건지 모르겠어요. 어떻게 조합을 했기에 그 강렬한 향이 그리 부드럽게 섞여든 건지.』

『그만하면 됐어요.』

들어간 꽃과 식물의 종류만 한꺼번에 20가지를 입에 담는 민호의 말에 딱딱한 미셸의 기색이 점차 부드러워졌다.

『향수에 대해 조예가 깊은 분이었군요. 제가 실례했습니다.』

『실례라니요. 아닙니다.』

미셸의 사과에 민호는 일단 위기를 넘겼음을 깨닫고 안도했다. 의심을 푼 그녀가 다시 작업에 집중하나 싶었는데 갑자기 가방을 뒤적거리며 말을 꺼냈다.

『저한테 이번 분기에 생산한 원액이 있는데 한번 맡아 보시겠어요? 가치를 알아보는 이에게는 배송을 앞당길 수도 있어요.』

민호는 이 말에 살짝 놀랐다. 아무리 그래도 일억짜리 향
수를 살 이유가 딱히…….

『자요.』

미셸이 그녀의 애장품, 향수병을 꺼내 내밀었다.

"……."

졸지에 향수병을 손에 든 민호는 멍한 얼굴이 됐다. 향을
제대로 만끽했음을 보여 줌으로써 오히려 관심을 끌게 될 줄
이야.

민호는 아까 채 기억하지 못한 제조법이 고스란히 떠오르
는 것을 느끼고 서서히 전율에 휩싸였다.

'이거였어.'

수많은 향료의 정수를 일일이 조합해 다듬는 장인의 공정.
병이 수백 개라는 것을 제외하면 방금 미셸이 하던 것과 크
게 다르지 않았다. 다만 미셸이 보고 있는 터라 그것을 입으
로 중얼거리면서 기억할 수 없다는 것이 아쉬울 따름이었다.

'최대한 만지고 여운이 남아 있을 동안 화장실에 가면!'

해결책은 언제나 있는 법이다.

행복감에 젖어든 민호가 이윽고 향수병의 마개를 열려던
찰나였다.

"강민호 씨!"

민호는 꼬리 쪽 계단에서 불쑥 튀어나온 승무원의 부름에 멈칫했다. 유일한 한국 여승무원 이나은이 사색이 되어 자신에게 달려왔다.

"왜 그러시죠?"

"화, 환자가 발생했어요."

긴급히 도움을 청하는 눈길. 민호는 의아한 표정이 됐다.

"채은 선생님이 계시잖아요. 아까도 얘기했지만 저는 의사가 아니에요. 코폴라 씨와 같은 경우를 전에 본 적이……."

"그 환자가 바로 문채은 선생님이세요."

이 말에 놀란 민호가 벌떡 일어났다.

"강민호 씨를 애타게 찾으시다가 의식을 잃으셨어요."

「03:35」—당황에 빠진 한국의 연예인 '강민호'.

꼬리칸의 계단을 빠르게 내려오며, 민호는 속으로 신음을 삼켰다. 최임혁의 애장품으로 접했던 미묘한 예측은 무섭게도 딱 들어맞았다. 이 사실에 당혹스러움이 느껴지면서도 한 가지 의문이 피어올랐다.

갑자기 쓰러질 정도의 증세라면 의사인 문채은 본인이 사전에 자각하지 못할 리 없다. 이것은 반대로 말해 그녀가 예측하지 못한 증상이 찾아왔다는 거고, 그 말인즉슨.

'생명이 위험할 수도 있어.'

다급해진 민호가 객실 복도를 바람처럼 지나치자 승객들이 무슨 일인지 놀란 눈길이 되어 그의 등을 바라보았다.

잠시 후.

민호는 일등석 칸으로 뛰어들어 문채은을 찾아 주위를 두리번거렸다. 9개의 대형 좌석이 자리한 내부에는 승무원과 승객들이 한곳에 뒤엉켜 웅성이고 있었다.

"Please move!"

크게 소리친 민호가 사람들 사이로 파고들어 이내 침대로 변형된 좌석에 누워 있는 문채은 앞에 섰다.

"채은 선생님, 저 왔어요!"

이마에 식은땀이 가득하고, 아까보다 훨씬 창백한 낯빛을 한 그녀. 신음만 흘릴 뿐 대답이 없었다. 머리맡에 앉아 의식 확인을 위해 몸을 흔들자 그제야 가까스로 눈을 떠 자신을 바라보았다.

"민…… 호…… 씨……?"

외부의 부름에 반응이 거의 없는 의식저하 상태에서도 민호의 손을 꼭 붙잡은 그녀는 안도한 표정을 지었다가 기운 없이 축 늘어졌다.

"걱정 마요."

국내 최고의 응급의로 불리는 최임혁의 애장품을 들고 있는 이상, 조치를 제대로 하지 못해 그녀를 위독하게 하는 일

같은 건 없으리라.

민호는 문채은의 이마에 손을 올리고 다급히 상태를 체크했다.

뜨거운 피부, 불안정한 맥박, 호흡은 거친 데다가 무의식 중에 오른손을 배에 올리고 있는 것이 복통까지 심한 듯했다.

블라우스의 옷깃에 묻어 있는 위액의 흔적으로 구토했다는 것까지 최임혁의 능력으로 한눈에 파악한 민호는 곧장 할 수 있는 조치부터 시도했다.

생수를 수건에 뿌려 차갑게 만든 뒤 열이 나는 그녀의 이마에 올리고, 원활한 혈액 순환을 위해 목의 단추를 느슨하게 풀고, 다리 부근에 베개를 대어주는 작업까지 일사천리로 해놓는 동안 뒤편에서 사람들이 중얼거리는 소리가 들려왔다.

『이게 뭔 난리래? 저 여자 전염병 아니야?』

『하필 퍼스트 클래스에서, 쯧.』

불안해하는 것이 느껴지는 대화에 민호가 고개를 돌렸다.

『원인은 알 수 없지만, 세균 감염 같아요.』

민호의 말에 사람들이 웅성거림을 멈췄다.

『밀폐된 공간에서 계속 함께 왔는데 다른 분들은 발병하지 않은 걸 보면, 호흡으로 감염될 가능성은 작아요. 그러니 불안한 분은 손부터 깨끗이 씻고, 서로 간에 눈, 코, 입을 만지는 것을 피해 주세요.』

말이 끝나기 무섭게 사람들이 화장실로 몰려갔다.

'무슨 감염일까?'

발열 대부분은 몸에 침입한 바이러스나 세균과 싸우는 면역반응 때문에 일어난다. 이 정도로 급작스러운 증상을 일으키는 감염이라면 감기 바이러스 수준은 아닐 터.

균혈증, 세균성 폐렴, 담관염……

최임혁의 지식이 순간적으로 스치며 수많은 병증이 떠올랐다가 사라졌으나 범위가 너무 넓어 확진할 수가 없었다. 다행인 것은 당장 생명이 위독할 정도의 감염 증세는 아니라는 것이었다.

『미스터 강.』

코폴라의 일 때문에 이미 안면이 있던 사무장 프랑수아가 사람들 틈에서 나타났다.

『닥터 문은 왜 이런 겁니까?』

『아직은 저도 모르겠어요.』

민호는 프랑수아가 손에 들고 있는 구급낭에 시선을 던졌다. 'First Aid Kit'이라는 글귀가 적힌 가방. 프랑수아가 민호의 시선을 느끼고 FAK를 건네주었다.

『필요한 것은 바로 쓰셔도 됩니다.』

코폴라의 일로 신뢰를 쌓았기 때문인지 문채은을 돕는 것을 자신에게 맡기는 눈치. 민호는 가방을 열어보았다.

붕대와 연고, 진통제와 제산제 같은 일반적인 약뿐이었다.

『다른 의료도구는 없나요? 하다못해 진통제를 놓을 주사기라도. 환자 상태가 경구투여할 수 없는 상황이에요.』

『EMK는 기장님의 허락이 있어야 사용할 수 있습니다.』

최임혁의 지식 때문인지 'Emergency Medical Kit'에 담겨 있는 장비목록이 민호의 머릿속에 퍼뜩 떠올랐다 사라졌다. 그 가운데 항생제 목록도 있었다.

『사용할 수 있게 건의해 주실 수 있나요? 하다못해 광범위 항생제라도 처방해 두는 편이 좋아요. 적어도 착륙해서 병원에 가기 전까지는 버텨야 하니까요.』

『바로 연락해 보겠습니다.』

프랑수아가 인터컴 쪽으로 걸어갔다.

'조금만 참아 봐요, 채은 선생님.'

당장은 더 도울 방법이 없다는 것에 민호는 신음하는 그녀를 안타까운 시선으로 바라볼 수밖에 없었다.

딩동.

─안내 말씀드리겠습니다. 기내에 응급 환자가 있습니다. 지상 응급의료진과의 긴급진료를 위해, 지금부터 모든 통신회선 사용을 금지하겠습니다. 손님 여러분의 협조 부탁합

니다.

'지상?'

방송이 나옴과 동시에 조종실 쪽의 복도에서 승무원과는 다른 유니폼을 입은 중년 사내가 걸어 나왔다. '부기장 폴로'라는 이름표를 달고 있는 사내의 등장에 승무원들이 한쪽으로 비켜섰다.

좌석으로 다가온 폴로가 민호와 눈이 마주쳤다.

『손님, 옆으로 비켜 주시겠습니까? 긴급진료를 준비해야 합니다.』

자신은 환자의 친구라고 설명하려는데 민호의 어깨를 톡톡 건드리는 이가 있었다. 고개를 돌리니 프랑수아가 한쪽을 손짓했다.

『사무장님. 항생제는요?』

『기장님께서 절차대로 진행하라는 지시를 내리셨습니다.』

『절차라면…….』

문채은의 침대 앞에 있던 화면이 켜졌다. 상단의 영상통화용 카메라 렌즈에 초록 불이 들어오며 모니터 속에서 의사가운을 입은 이들이 분주히 준비하고 있는 모습이 나타났다.

『미스터 강이 의사가 아니라고, 의약품은 의료진의 지시로 사용해야 한다고 하셨습니다. 에어프랑스의 원격진료 수준은 상당하니 안심하셔도 될 겁니다.』

항공기라 그런지 절차가 까다롭기 그지없었다.

민호는 체계적인 시스템으로 돌아가는 항공사 측의 응급 대응 방식 어쩔 수 없이 기다려야 했다. 다행히, 최신의 장비를 갖춘 여객기답게 영상전송 시스템은 훌륭해 보였다.

'음……'

그사이 폴로가 화면 앞으로 다가섰다.

『아, 아. 들리십니까?』

－들립니다.

화면 속에서 영어로 된 음성이 이어졌다.

－통신 상태는 양호한 것 같네요. 저는 파리 '세인트 안토니' 병원의 응급의학 전문의 제롬입니다. 환자를 비춰 주시 겠습니까?

화면 저편의 의사들이 카메라를 통해 누워 있는 문채은의 모습을 살피기 시작했다.

－의식이 없군요. 환자의 상태에 대해서 저희 대신 자세히 관찰하고 설명해 주실 분이 필요합니다. 응급구조 훈련을 이수한 승무원을 불러 주십시오.

폴로가 고개를 돌려 승무원 하나를 호출하려 했다.

『상태는 제가 설명할게요.』

민호는 이미 확인한 정보를 또다시 검사할 필요가 없으리라는 판단에 앞으로 나섰다.

-누구시죠?

이 물음에 민호는 문채은을 내려다보았다. 그녀가 의식을 잃기 직전에 찾은 이가 바로 자신이기에 책임감이 강하게 느껴졌다.

『보호자입니다. 증상 관찰과 보고는 제가 하겠습니다. 이전에 중증환자를 도와줘 본 경험이 있어요.』

민호가 자신 있게 말하자 화면 속 의사도 고개를 끄덕였다.

-우선 10초 동안의 호흡수와 맥박을…….

의사의 지시가 채 끝나기도 전, 민호는 방금 파악했던 문채은의 상태를 빠르게 설명해 나갔다.

『……강한 통증으로 인한 의식저하 상태로, 열은 뇌에 손상을 줄 만큼의 고열은 아닙니다. 발병 초기에 구토와 복통 증상을 보였습니다.』

그러며 민호는 점자시계를 터치하고 문채은의 손목에 손가락을 댔다.

『심박수는 정상 범위이지만 혈압이 아까보다 더 떨어졌어요. 70, 60쯤. 저혈압과 빈혈증세로 인한, 겉으로 드러나지 않은 두통이나 어지럼증이 의심됩니다. 감염 원인을 빠르게 억제하지 않으면 부정맥의 위험도 있어요.』

한꺼번에 수많은 정보를 쏟아내자 화면 속 의사들은 차트에 기록부터 하기 바빴다.

　-자, 잘 알겠습니다. 그런데 보호자분도 의사십니까? 어떤 전공을 하셨는지 알려 주신다면 저희도 대응하기가 편할…….

　『아, 의사는 아니에요.』

　제롬이라 불리는 의사의 의문 섞인 표정에 민호는 적당히 '의학 공부 중'이라고 둘러댔다. 증세를 전해 들은 파리 병원의 응급의료진이 화면 속에서 의견을 나누기 시작했다.

　-발열, 복통, 구토. 바이러스성 인플루엔자 감염이나 세균성 폐렴이 의심돼.

　-균혈증은?

　-그것 역시 가능성 있고.

　-너무 많은데?

　-감염은 환자의 24시간 경로추적이 우선인데 저렇게 의식이 없어서야.

　이미 최임혁의 지식으로 예측했던 증세들이 오고갔다. 그래도 저들은 곧바로 치료 지시가 가능한 위치였기에 민호는 일단 한발 물러서 상황을 지켜보았다.

　-예측 가능한 병증을 기반으로 항생제 투여부터 시작합니다. 진단 승인 번호는 3808-12…….

　'후. 드디어.'

기내 안에 병원만큼은 아니더라도 필수 의약품이 실려 있다는 것이 실제로 확인되자 민호는 그나마 안도의 한숨을 내쉴 수 있었다. 의심이 가는 증상의 범위 내에 있는 것들은 대부분은 광범위 항생제로 완화할 수 있었기 때문이었다.

승무원이 의약품 상자가 담긴 대형카트를 끌고 왔다. 민호는 응급훈련을 받은 승무원이 주사기에 액체를 담아 문채은의 팔에 주입하는 것을 지켜보았다.

'이제 좀 나아질 거예요, 채은 선생님.'

지이잉.

경과를 기다리는데 문채은의 주머니에서 휴대폰 진동 소리가 들려왔다. 통화를 자제해 달라는 기장의 부탁이 있었기에 민호는 주머니에 손을 넣어 휴대폰 빼냈다.

'어라?'

종료버튼을 누르려다 '이희철 선배'라는 AN병원 진단의학과 의사 이름이 떠 있는 것을 보았다. 저쪽에도 그녀의 상태를 말해줘야겠다 싶어 버튼을 눌렀다.

―어, 채은 선생. 신준성 케이스 말이야. 하 교수님께서 잠깐 얘기 좀 해보겠다고 찾으시는데?

"희철 선생님."

민호의 말에 한 박자 늦은 감 너머로 놀란 음성이 들려왔다.

－응? 누구십니까?

"저 강민호예요."

－민호 씨가 채은 선생 전화는 왜……?

놀라는 이희철에게 문채은이 쓰러졌다는 사실을 밝혔다.

－그런 일이 있었어? 확진을 못 하고 항생제 처방이라면 상태가 안정됐다고 단정하긴 이르네. 이거 인천공항에 구급차부터 보내놔야겠어.

이희철의 한숨 소리가 민호를 긴장케 했다.

－무슨 얘기야?

－교수님!

수화기 너머로 이희철이 문채은의 상태를 설명하는 목소리가 들려왔다. 덜그럭거리며 휴대폰을 건네주는 소리가 이어졌다.

－젊은이.

"하우선 교수님?"

－맞아, 나야. 문 인턴과 몰래 만남 중이었다면 미리 말을 해두지 그랬나. 우리 진단과에서는 인턴에게 그 정도 융통성은 발휘할 수 있다고. 어떻게 허니문 베이비는 성공?

"그게 아니라요 비행기에서 우연히……."

－증세 좀 다시 읊어봐.

민호는 하 교수라면 정확한 확진을 내릴 수 있지 않을까 싶어 점자시계를 터치한 채로 재차 문채은의 상태를 재차 살폈다. 증가된 청각이 가까이 있지 않음에도 그녀의 맥박소리를 선명하게 전달해 주었다.

하 교수에게 파리 의료진에게 했던 말 이상으로 자세히 증세를 전달해 주던 그때.

그녀에게 온통 집중하고 있는 터라 청진기를 들이댄 것 이상으로 몸의 소리를 들을 수 있는 지금, 가슴 어딘가의 판막이 기이하게 꿈틀거리는 소리가 들려왔다.

'응?'

그 부분만 혈압이 이상하리만치 낮았다. 민호는 그녀의 명치 쪽에 손가락을 대고 세밀히 맥을 느껴 보았다.

"위대정맥? 내림대동맥? 여긴 왜 이렇게 부자연스러운 거지?"

─뭐라고?

휴대폰 너머로 하 교수의 놀란 음성이 이어졌다.

─젊은이. 심장 옆을 지나는 혈관이 몇 개인데 어떻게 이상 부위를 콕 집어서 소리를 들은 거지?

이건 해부학 교재를 달달 외우고 있는 최임혁의 지식에 비상식적인 감각의 증가가 덧붙여졌기에 나올 수 있는 진단이었다.

퍼뜩 정신을 차린 민호가 엉겁결에 대답했다.

"심박수가 불안정해 예측해 본 겁니다."

─혈관 이상이면 혈류 문제라는 소린데. 현재 예측한 감염 증상들과는 어울리지 않아.

하 교수의 의견에 민호의 눈이 계속해서 배를 붙잡고 있는 그녀의 오른손에 고정됐다. 맞는 말이다. 심장이 야단법석을 피울 정도면 단지 복통만 호소할 리가 없다.

"실례해요, 채은 선생님."

민호는 그녀의 블라우스를 살짝 들었다. 복통 때문에 대고 있었다고 생각한 그녀의 손 아래, 붉은 반점이 눈에 띄었다.

"음……."

─왜 그래, 젊은이?

무슨 일이 있다는 것을 눈치챈 하 교수가 채근해 왔다.

"피부에 발진이 있습니다."

─그건 새 증상이군.

흥미롭다는 하 교수의 중얼거림.

『닥터 제롬!』

민호의 급한 외침에 화면 속 파리의 의료진들이 고개를 돌렸다.

『이것 보이시죠?』

카메라를 통해 문채은의 증상을 확인한 제롬은 안색이 급변해 말했다.

－기존 증상에 발진까지 고려하면 문제가 심각해집니다. 환자의 감염을 유발한 것이 만약 '수막구균'이면 비행기가 인천에 도착하기 전에 내성이 없는 수많은 인원에게 전염될 겁니다. 최악에는 가까운 공항의 비상착륙도 고려해야 한다고 기장님께 전해주세요.

수막구균이 뭔지를 묻는 승무원들의 표정에 민호는 '24시간 이내에 사망을 유발할 수 있는 전염성 높은 균'이라고 반사적으로 설명해 주었다.

－젊은이. 갑자기 왜 수막구균 감염증 설명을 하지?

아직 휴대폰의 전화가 이어져 있었기에 민호가 움찔 놀랐다.

"세인트 안토니 병원의 응급의학 전문의가 내린 진단이에요."

－와우. 프랑스에도 멍청한 소리 지껄이는 식충이가 있을 줄이야. 밥만 축내는 전문의의 존재는 전 세계 공통인 건가? 희철아. 이걸로 논문 하나 써봐.

－교, 교수님.

－젊은이. 그 파리의 식충이에게 내 말 좀 전달해 주겠어? 내가 문 인턴을 보낸 곳은 파리지, 사우디아라비아의 메카 순례 여행이 아니라고.

파리는 감염 위험이 있는 지역이 아니라는 말. 민호는 하 교수의 의견에 동감했다.

면역력이 적은 유아나 노인의 발병이 높은 수막구균에 문채은이 감염됐을 확률을 고려하기엔 아직도 수많은 유사 병증이 남아 있었다.

항생제 처방으로 안색이 한결 편안해진 문채은의 표정을 본 민호가 화면으로 고개를 돌렸다. 제롬에게 하 교수의 직설적인 의견을 전달한다면 싸움이 날 수 있기에 한차례 걸러서 입을 열었다.

『닥터 제롬. 환자가 호전되고 있어요. 2차 감염자가 발생하면 보유 중인 항생제로 버티고 그때 비상착륙을 시도하는 것이 어떨까요?』

-하지만…….

『수막염과 패혈증이 의심되긴 하지만, 증세가 추가됐다고 병증이 하나로 정해지는 건 아니잖아요. 땅콩이나 먼지 알레르기도 이와 흡사한 증상을 보이니까요.』

동료와 대화를 나누며 생각해 보던 제롬이 대답했다.

-일리 있는 말입니다. 기내에서의 치료는 한계가 있으니 인천에 도착하면 즉시 한국 의료진에 인계할 수 있게 준비해 둬야겠군요.

『AN 병원 응급실로 연락해 주세요. 닥터 문이 거기 의사거든요. 그리고 가는 동안 잘 부탁해요.』

―저희야말로. 보호자분의 의료지식에 계속 감탄 중입니다.

『지금 한국에 있는 진단의학과 교수님과 통화 중이어서 그래요.』

민호가 화면에 대고 휴대폰을 가리켜 보였다.

―내 얘기를 한 건가?

"네, 일단 수막구균은 배제하기로 했어요."

―우리 식충이랑은 다르게 말귀는 알아듣는 모양이야?

하 교수의 음성에 민호는 작게 "네"라고 대답했다가 이희철이 울상을 짓는 소리가 들려와 헛기침했다.

―어쨌든 문 인턴은 안정세라 이거지? 참, 젊은이. 아주 흥미로운 사실 한 가지 알려줄까?

기대감이 어려 있는 하 교수의 말에 민호는 고개를 갸웃했다.

―방금 문 인턴이 이송하려는 환자 케이스를 살펴봤는데 말이야. 최초 발병 증세가 구토와 어지럼증이더군.

"그 말은……."

―감염 원인이 그 자폐증 꼬마에게 있을 수 있다는 말이지.

민호는 일등석칸의 구석 침상에 누워 있는 8살의 아이에게 시선을 돌렸다. 문채은이 이송 중이라던 어린 환자는 이 안의 긴박한 상황과는 별개로 곤하게 잠을 자고 있었다.

─어때? 수요일의 진단회의 시간이 무척 재밌지 않겠어?

결국 '메디컬 24시' 얘기로 귀결되자 민호는 작게 한숨을 내쉬며 말했다.

"교수님. 아직 비행 중이고, 채은 선생님의 병명도 모릅니다."

─항생제로 호전됐으니 자네의 문 인턴이 죽을 위험은 일단 사라졌다고 보네만. 아프긴 하겠지만. 젊은이가 문 인턴을 그렇게 아끼는 것을 보니, 밀회 휴가는 꼭 보내줘야…….

『닥터 제롬!』

승무원 하나가 놀라서 소리치기에 민호의 시선이 돌아갔다. 호전되는 것처럼 보였던 문채은이 발작하듯 몸을 떨었다.

'어어!'

민호는 점자시계로 증가한 감각으로 그녀의 심장에서 더는 아무런 소리가 들려오지 않는 것에 소스라치게 놀랐다.

저건 심장을 둘러싸고 있는 주머니와 심장근육 사이의 공간에 혈액이나 액체가 차 심장에 심한 압력을 가하는 심각한 상황이었다.

민호는 그 부분의 혈압이 이상하다 예측했던 최임혁의 감이 또다시 맞아 떨어지는 것을 깨닫고 등줄기에서 소름이 돋아났다.

뒤도 돌아보지 않고 달려든 민호가 의료카트에서 굵은 주사기를 꺼내 들었다. 폴로가 눈을 동그랗게 떴다.

『무슨 짓입니까?』

『심낭압전입니다. 늦으면 쇼크로 환자가 죽어요!』

폴로가 채 반응할 새도 없이 민호는 문채은의 블라우스 윗부분을 뜯고 그녀의 가슴에 주삿바늘을 꽂았다. 피식, 하는 바람 빠지는 소리와 함께 주사기 안으로 배출된 혈액이 모여들었다.

발작하던 문채은이 멈추고, 화면 속 의사들이 놀라서 모니터 앞으로 바짝 모여들었다.

-심낭압전? 호전되는 상태였는데 갑자기 왜?

오리무중으로 돌아선 문채은의 상태에 파리 쪽 응급의학과 의사들은 혼란에 빠졌다.

민호는 안정을 찾은 문채은의 이마에 손을 올렸다. 미약한 열만 있을 뿐, 발열과 오한의 증상은 사라졌다. 그러나 언제 또 위기가 찾아올지 모를 일이었다.

문득, 하 교수가 던진 말이 떠올라 경황 중에 던져 두었던 휴대폰을 들었다.

"교수님, 계세요?"

-그래. 소란스러워 보이는데 갑자기 무슨 일이었지?

"이송 중이던 어린 환자. 첫 발병 이후 증상이 뭐였죠?"

─심장 쪽 문제.

"……그다음은요?"

─쇼크. 그리고 제때에 병원으로 실려 왔지. 척 보니 문 인턴에게 심장 문제가 왔나 보군. 그 비행기에 산소호흡기와 혈액조절 기구가 있나? 다시 쇼크가 오면 바이탈을 안정시킬 방법이 필요할 거야.

같은 병증이라는 가정하에, 아이는 전문병원에서 안정을 취했기에 살아날 수 있었다.

그러나 문채은은…….

민호는 이 순간 강하게 직감했다. 이대로 가만히 있으면 그녀가 죽을 수도 있다는 것을. 그녀의 초췌한 얼굴과 구석의 환자를 번갈아 바라보던 민호는 결심한 듯 말했다.

"교수님."

─그래.

"수요일의 진단회의 말인데요. 그냥 이 자리에서 하는 건 어때요?"

─자폐에, 원인 불명의 병증을 가진 아이의 진단을 별다른 검사 장비도 없는 비행기 위에서? 그것도 프랑스 식충이들과 함께?

"네."

－호오~ 희철아, 자고 있는 한국 식충이 불러와. 실력 출중한 젊은이도 있겠다, 케이스가 재밌어지겠어.

「03:55」－여섯 식충이와 비견되는 젊은이 '강민호'.

애장품과 유품이 담긴 백팩을 챙기기 위해 꼬리칸으로 되돌아가며, 민호는 휴대폰에서 들려오는 소리를 주의 깊게 들었다. 스피커폰을 통해 말하고 있는 듯한 하 교수의 음성이 이어졌다.

－이름 신준성. 문 인턴과 같은 초기 증세. 환자의 용태는 안정되어 현재는 간헐적이고 위험요소가 낮은 심질환만 발생 중. 자, 식충이들. 의견 개진해 봐."

－심낭염 아니겠습니까?

－삐. 애가 아무리 말이 안 통해도, 초음파만 해도 나오는 검사를 프랑스에서 못 했을까?

－종······.

－종양, 기타 등등의 암은 입에 담지도 마. 문 인턴에게 전염될 리 없으니까. 희철이 너는? 그냥 아무 생각이 없나?

의견을 제시한 두 사람을 쏘아붙인 하 교수가 하나 남은 이희철을 닦달했다.

－하, 항공 시차 증후군?

－오, 흥미 있는 의견이야. 그러나 복통이 설명 안 돼. 애

가 수면제를 왕창 먹었다는 검사결과도 없고. 젊은이는?

세 명이 실패하자 휴대폰 스피커에서 민호의 의견을 구하는 음성이 흘러나왔다.

'어쩐다.'

하 교수의 공간이 아닌 터라 최임혁의 지식으로밖에 대답할 수가 없었다. 괴상하고 특이한 생각이 아닌 지극히 정상적인 증상 유추. 그렇게 고민고민 끝에 떠올린 것은 증상은 똑같아도 환자의 처지와는 맞지 않았다.

"저도 잘 모르겠습니다. 성인이었다면 콘돔 없이 그걸 했거나, 마약 문제가 있겠지만……."

─성교? 이것 봐. 젊은이는 적어도 이치에 맞는 원인만 말하잖아.

"이치에 맞아요?"

의견을 말해놓고 더 놀란 민호가 얼른 말을 바꿨다.

"증상만 그렇다는 거지 아이 입장에서 서, 성교는 불가능합니다. 채은 선생님도 생활이 문란할 리 없잖아요."

─자폐 아이 중에 천재가 많다는 소리 못 들었나? 표현하는 방식에 문제가 있을 뿐, 속은 환갑의 능구렁이일지 어떻게 알겠어? 뭐, 아이야 그렇다 치고, 문 인턴은 모르는 일이지.

네티즌에게 의학여신이라 칭송받는 청순한 그녀의 얼굴을

떠올린 민호는 절대 아닐 것이라 고개를 좌우로 흔들었다.

—자네 얘기를 들으니 불현듯 떠오르는데 음주 문제로 인한 간경병증은 어때? 이 정도면 문 인턴도 가능하잖아. 스트레스 많이 받을 테니.

"하지만 8살 아이가 어떻게 술을……."

—아이도 자고 있다고 했지? 깨워서 술을 권해봐. 자기가 의도해 먹지 않았더라도 누군가 권해서 맛을 봤다면 익숙하게 삼킬 테니. 아니면 젊은이 입에 뱉어 버리겠지.

술을 먹여 보라는 하 교수의 첫 진단에 그의 곁에 있을 펠로우 세 사람이 심각하게 중얼거리는 소리가 들려왔다.

—민호 씨, 하 교수님 지시 따르다 잡혀가는 거 아니야?

—설마 그러려고.

—요즘 항공 관련 법이 빡빡해서, 난동 기미만 보여도 경찰 뜬다잖아. 땅콩회항 몰라?

민호는 이 말에 멈칫했다.

"일단 소통부터 시도해 볼게요."

—소통? 자폐 아이와의 대화는 녹록지 않을 텐데.

"가능할 것 같아요. 임상심리학자의…… 아, 아무튼 시도해 볼게요."

—젊은이. 혹시나 해서 묻는 건데. 자네의 그 엄청난 의학센스. 그거 자폐 경험에서 온 재능인가?

"아닙니다."

들고 있던 휴대폰이 삐빅하는 경고음을 냈다.

"교수님, 이거 배터리가 거의 없네요. 기장님께 통신회선 하나 받는 걸 건의해 두었으니 캠이 있는 노트북 하나 준비해 두세요. 승인받으면 접속 주소 보내드릴게요."

「04:05」─센스가 남다른 젊은이 '강민호'.

민호는 승객 대부분 쿨쿨 잠들어 있는 꼬리 칸의 평온한 광경에 마음이 편해지는 기분이 들었다. 내부에 은은하게 감도는 향은 어딘지 고급스러워 보였다.

'이거 향수 맞지?'

시선이 절로 미셸을 향할 수밖에 없었다. 미셸은 아까의 자세 그대로 작업에 몰두 중이었다.

『실례합니다, 대표님.』

조용히 옆을 지나려는데 미셸이 먼저 민호를 불렀다.

『미안하게 됐어요.』

『네?』

『그 위에 있던 숙면 향수. 여기다 전부 뿌렸어요. 전염이니 뭐니 시끄럽게 말이 돌아서 상당히 혼란스러웠거든요.』

그리고 보니 미셸이 주었던 향수를 간이 탁자에 놓아두고 정신없이 뛰어갔었다. 민호는 조용한 기내 안을 보며 정말 효과가 엄청나다는 것을 깨달았다.

『괜찮아요. 그리고 전염은 걱정 않으셔도 될 것 같아요.』

『상황은 끝났나요?』

『그런 건 아니지만, 다방면의 전문가들이 노력 중이에요.』

백팩을 챙겨 어깨에 걸었다. 다시 일어서는 민호에게 미셸이 병 하나를 내밀었다.

『대신 파라다이스를 원하는 만큼 사용할 수 있게 해줄게요.』

'쿠, 쿨해……'

당장 사용해 보고 싶어도 지금은 그럴 시간이 없었다.

『아…… 조금 있다가 뿌려봐도 될까요? 일등석 칸에 다시 가봐야 해서.』

『언제든지요.』

당장 제조 공정을 기억할 여유는 없어도 나중에 확실히 각인할 수 있게 생겼다.

복도로 나온 민호는 미셸의 예의 차가운 표정이 어딘지 따뜻해 보인다는 착각이 들어 속으로 고개를 흔들었다. 저 여자는 빚지기 싫어하는 똑 부러지는 성격을 가졌을 뿐이다.

일등석 칸으로 걸어가며 민호는 백팩에 담겨 있는 안경을 꺼냈다. 이것을 길들일 때 목격했던 것은 아이의 심리에 달통한 어떤 상담가의 경험담이었다.

'더 긴밀한 협조가 가능할까?'

자폐를 가진 아이와 소통하기 위해선 타인의 감정 상태를 확인할 수 있는 안경 본래의 능력만으로는 살짝 부족했다. 수많은 환자와 소통했던 유품 주인의 경험. 이것이 필요했다.

반지에 깃든 요원 본래의 성향도 유용하게 빌릴 수 있었으니, 다른 유품 주인의 성향도 비슷하게 이용할 수 있지 않을까 하는 생각.

효과가 있으리라는 막연한 기대로, 민호는 오랜만에 안경을 착용했다.

"으."

도수가 안 맞는 건 여전했다.

차르르.

승무원 칸의 천막이 열리며 프랑수아가 걸어 나왔다. 민호는 좀처럼 당황하지 않는 베테랑 승무원의 얼굴이 '불안감'이 물신 풍기는 진한 색의 그림으로 변한 것을 보았다.

『미스터 강! 큰일입니다.』

문채은에게 안 좋은 증상이 생긴 건 아닌가 걱정하는 민호에게 프랑수아는 뜻밖의 말을 전했다.

『기장님 승인으로 미스터 강이 말한 한국의 진단 팀과 회선이 연결됐습니다. 그런데…….』

프랑수아는 하 교수가 거친 독설로 파리의 응급의료 팀을 타박하고 있다는 얘기를 늘어놓았다.

'이런.'

황급히 일등석 칸에 도착하니, 모니터 두 개를 사이에 두고 프랑스와 한국 의료진이 마주 보고 있는 광경이 눈에 들어왔다. 서로 간에 영어로 활발히 대화 중이었다.

-루프스라면 스테로이드를 처방하는 것이…….

-이봐, 제롬. 심낭압전 목격했다고 루프스라니. 왜? 스테로이드 왕창 투여해서 우리 '문 인턴' 육상 선수권이라도 내보내게?

-닥터 하. 저희는 최선을 다하고 있습니다. 솔직히 병증의 범위가 너무 넓어요.

-라고 어느 의사가 대책 없이 말했습니다.

-…….

-삐졌나? 비전염성은 제외하고 얘기해 봐.

-비브리오 패혈증은 어떻습니까?

-설사를 안 하잖아. 우리 식충이들도 차마 언급 안 한 걸 말하네.

한 번에 여섯 명의 의사를 까는 하 교수.

'으음.'

민호는 두 모니터에서 오가는 난리법석을 조용히 피해 한쪽에 누워 있는 환자, 준성이에게 다가갔다.

"준성아."

조심스럽게 어깨를 흔들자, 어린 아이의 눈이 떠졌다. 준성이는 곱슬곱슬한 까만 머리에 순하게 생긴, 그러나 보통 여덟 살 아이의 체구보다 훨씬 자그마한 아이였다.

"안녕? 난 문채은 선생님의 친구 강민호라고 해."

초점이 다른 곳에 가 있는 준성이의 묵묵한 시선. 난리를 핀다거나 거부하는 것이 아니라 그저 쳐다만 보고 있다.

'부탁해요, 선생님.'

속으로 이야기하기 무섭게 준성이의 얼굴에서 낯선 상대의 얼굴에 긴장하고 있다는 정보가 직관적으로 느껴졌다.

'됐어.'

아이의 안에 감춰진 마음의 빛깔을 온전히 이해할 수 있다는 것. 민호는 안경 주인의 지식을 이용하는 것을 허락했음을 깨달았다.

'좋아. 본격적으로 살펴보자고.'

보통의 아이는 말로 감정을 표현하는 것에 서툴러 다른 수단을 통해 표현할 경우가 많다.

어떤 아이는 우는 것으로, 어떤 아이는 심한 투정으로. 자폐증이 있는 준성이 같은 경우는 그것이 더 심해 눈동자의 떨림만으로 모든 표현을 끝내 버리는 중이었다.

민호는 안경의 분석을 따라 긴장부터 풀어줘야겠다고 생각했다.

자리 앞쪽을 보니 문채은이 놀아주던 것으로 보이는 여러 장난감이 보였다.

"준성아, 우리 로봇 놀이할까?"

거부.

"퍼즐은 어때?"

거부.

"그럼, 아저씨가 신기한 거 보여줄까?"

눈동자가 약간 떨리는 것에서 가능성이 엿보였다. 민호는 뭘 보여줄까 궁리하다 주머니에서 동전을 꺼냈다.

"이 동전은, 절대 쓰러지지 않는 동전이야."

명확한 해답이 없는 문제를 떠올리고 동전을 허공에 튕겼다. 핑그르, 돌아 떨어진 동전이 민호의 손바닥에서 세로로 섰다.

준성이는 흥미가 동한 눈길로 민호의 손바닥을 바라보았다가 다시 초점을 다른 곳으로 향했다.

"봤어? 한 번 더 해볼까?"

계속해서 동전을 튕겨 손에 세우다 보니 민호에게 초점을 맞추는 빈도가 늘어났다.

"여기 색연필 세트도 있네. 우리 그림 그려볼까?"

이번에는 확실히 흥미가 동한 얼굴이었다. 민호는 백팩에서 붓을 꺼내 왼손에 쥔 채로, 오른손에 색연필을 들고 준성이의 그림책 한 귀퉁이에 세밀한 그림을 그렸다.

"문채은 선생님 얼굴이야."

약간의 색기가 묻어 나오는 것은 붓의 주인이 가진 특징이었기에 어쩔 수 없었으나, 준성이는 마음에 드는 눈치였다.

준성이도 파란 색연필을 꺼내 뭔가를 그리기 시작했다.

아동 심리학에서는 마음의 언어로도 불리는 것. 아이가 그림에 사용하는 색에는 제각각이 의미가 있으며 무의식도 표현된다는 안경의 지식이 떠올랐다.

'차가운 색을 좋아하면 자기를 억제하는 경향이 있다고요?'

준성이가 그리는 것도 누군가의 얼굴이었다. 남자와 여자. 비뚤비뚤한 선에 형태가 명확하지는 않아도, 민호는 저것이 준성이를 아끼는 부모의 얼굴일 것이라는 생각이 들었다.

'그런데 왜 입만 저리 크지?'

다른 비율은 똑같으나 입의 크기가 얼굴의 반 이상을 차지하는 그림. 안경의 지식을 빌어 의미를 생각하는 와중에 한쪽 가장자리에 치우쳐 그림을 그리는 것은 환경이나 상황에 제한을 받아 우울한 심리상태를 나타내는 것이라는 사실도 확인했다.

민호는 준성이와 어느 정도 친분을 쌓았다는 생각에 조심스레 말을 꺼냈다.

"지금 문채은 선생님 많이 아파. 아마도 준성이랑 똑같은 병 때문인데, 아저씨가 그 이유를 알아야 해. 조금만 자세히 준성이를 살펴봐도 될까?"

준성이는 별 반응 없이 그림만 계속 그렸다. 민호는 점자 시계를 터치한 뒤에 슬그머니 준성이 쪽으로 귀를 가까이 가져갔다.

호흡과 맥박은 정상 범주. 입을 크게 그린 것이 걸려 목 부근도 두루 살폈다.

'준성이의 신체는 별다른 문제가 없어.'

민호는 그러다 얼굴 그림을 다 그린 준성이가 언뜻 시선을 돌리는 것을 보았다.

멀찌감치 떨어진 모니터에서 하 교수가 진단과 펠로우들과 한국어로 대화를 나누는 광경이었다. 민호는 점자시계로 증가한 감각 때문에 '독소'와 '기생충'이 아닐지를 의심하는 대화 소리라는 것을 알았으나, 놀랍게도 듣지 못해야 할 준성이가 그림책에 기생충 벌레 비슷한 것을 그리기 시작했다.

"어, 어떻게? 준성아."

민호의 부름에도 고개를 돌리지 않는 준성이. 아예 자신의 말을 듣지 못하고 있었다.

"이런."

민호는 준성이가 입술을 읽고 있다는 것을 깨달았다. 귀가 들리지 않는다는 것. 그런데도 입술을 읽는 것은 아이의 본능임과 동시에, 하 교수가 말했던 '천재성'이 발휘된다는 증거였다. 그리고 그 이면에는…….

『사무장님! 준성이 잠시만 봐주세요!』

모니터 앞으로 달려온 민호가 황급히 말했다.

"청력 손상을 유발하는 감염증상이 의심돼요!"

한창 프랑스 의사들을 압박하고 있던 하 교수가 화면 너머의 민호를 바라보며 물었다.

─그렇게 말하는 이유는?

"아이가 귀가 들리지 않아요. 하 교수님 말이 맞았어요. 준성이는 천재예요. 입술을 읽어서 의사소통하고 있었어요. 선천적 귀머거리가 아니기에 입술을 읽을 수 있는 거고, 그건 반대로 후천적으로 청력이 손상됐다는 증거니까요."

하 교수의 눈에서도 무언가가 번뜩였다.

─청각 이상을 유발하는 병증은 대부분 전염이 되지 않아. 그러나 뇌신경을 들끓게 하는 감염일 경우는 다르지. 아이의 뇌가 심하게 앓은 탓에 청각이 마비되고, 그 상태로 항체가 생겨 증세가 안정됐던 거야. 보통은 귀가 들리지 않는다고 말을 해서 같이 치료했겠지만, 자폐증이 그것을 막았고.

민호는 함께 고민하다 반대편 모니터 안의 프랑스 의사들이 궁금한 표정으로 쳐다보는 것을 발견했다. 하 교수가 한국어로 말한 탓에 프랑스어로 재빨리 통역해 주었다.

─종합해 보면 쉽게 항체가 생성되는 감염이나 소아 발병률이 높고, 심장 문제와 쇼크를 일으킬 수 있어. 호흡기가 아닌 전염 경로에 심근염, 뇌염의 전신감염이 있을 수 있는 병증이군.

하 교수가 반대편 모니터를 바라보았다.

─거기 불란서 식충이들. 이게 뭐겠어?

민호가 거의 실시간으로 통역해 줬기에 프랑스측 의사 제롬이 순간적으로 고민하다 외쳤다.

─거대세포바이러스!

─빙고. 항생제로 반짝 회복했던 걸 보면 나도 그게 유력하다고 생각해.

하 교수가 고개를 끄덕이자 가장 갈굼을 많이 당했던 제롬이 어깨를 으쓱해 보였다. 민호는 하 교수가 확진을 내린 것을 듣고 프랑스 측 의사에게 물었다.

『닥터 제롬. 기내에 항바이러스제를 보유하고 있나요?』

─아……. '간시클로비르'는 없습니다. 워낙 희귀한 발병이라.

거대세포바이러스는 매우 흔한 바이러스 감염임에도 발병사례는 많지 않다. 당연히 기내에 그것을 대비하고 있을 리만무.

하 교수도 이 말에 혀를 쳤다.

−저런. 그 꼬마와 부비부비해서 옮은 데다 같은 증상으로 진행 중이야. 문 인턴도 청력을 잃을 가능성이 있겠어.

병을 찾았음에도 치료할 수 없다는 사실에 민호의 표정은 어두워졌다.

'진단은 정확히 내렸는데, 하늘에 빌 수밖에 없다고?'

안타까운 마음이 강해지자 최임혁의 애장품에서 응급지식 하나가 떠올랐다. 민호는 한국 쪽 화면을 향해 물었다.

"혹시 문채은 선생님 혈액형을 알 수 있을까요?"

−혈액형? 가만, 민호 씨. 전에 건강검진 해놓은 자료가 있어.

하 교수 옆에 있던 이희철이 밖으로 급히 뛰어나갔다가 들어왔다.

−A형이네.

"제가 O형이에요."

이 말에 하 교수가 놀란 시선으로 민호를 바라봤다.

−항체수혈? 자네의 건강 정도에 따라 달라지겠지만 적어도 착륙 때까지는 버틸 만할 거야. 좋은 생각이야.

「04:30」−안전제일주의 부기장 '폴로'.

─……그래서 현재 수혈을 진행 중입니다.

프랑수아의 보고에 부조종석에 앉아 있던 폴로가 고개를 끄덕였다.

『한국의 연예인이 큰일을 해냈군요. 감사하다고 전해 주십시오.』

함께 듣고 있던 기장 루크가 운항을 자동항해에 맞춰 놓은 뒤에 폴로를 돌아보았다.

『처음부터 그에게 맡겨도 될 걸 그랬어.』

『결과론 적인 얘기일 뿐입니다. 그리고 기장님. 드릴 말씀이…….』

폴로의 의견에 기장은 곰곰이 생각하다 고개를 끄덕였다.

『기왕이면 가장 안전한 방법을 택하는 게 맞겠지. 좋아, 어쨌든 전염의 위험이 있는 거니까 그렇게 해.』

「05:25」─큰일을 해낸 연예인 '강민호'.

딩동.

─안내 말씀드리겠습니다. 일등석 칸은 지금부터 임시 격리구역으로 정해졌습니다. 불편하시더라도 남은 3시간의 비행 동안만 배려해 주시길 부탁합니다. 접촉만 하지 않았다면 감염 확률이 지극히 낮다고 합니다.

'뭐지?'

수혈을 끝마친 뒤에 휴식을 취하고 있던 민호는 이 방송에 의아한 얼굴이 됐다.

자신과 문채은, 그리고 준성이의 이름이 차례대로 호명되고 바이러스 감염 위험이 있다는 경고까지 이어졌다.

격리 조치.

당연하게도 자신은 착륙 시까지 이곳에서 절대 움직일 수 없게 됐다.

민호는 진단이 끝나고, 거대세포바이러스는 보유자와 밀접한 신체 접촉이 환경에서만 전파되기에 사실상 감염의 위험은 없다고 모두에게 친절하게 설명해 주었었다.

'그런데 후속조치가 어째 이 모양이야?'

문채은이 쓰러지자마자 불안해서 옮긴 사람들의 빈자리에 그나마 남아 있던 사람들까지 방송을 듣고 다급히 나가 버리자 일등석 전체가 어딘지 휑해졌다.

『저, 승무원님.』

민호의 부름에도 승무원 칸에서 아무 대답이 없었다.

일반석에 타고 있다가 아예 일등석으로 자리를 옮기게 될 줄은 예상치 못한 민호는 어안이 벙벙하면서도 한편으로는 아쉬움이 들었다.

미쉘의 애장품을 들고 제조 공정을 기억해야 할 일도 남아 있고, 기내의 애장공간을 다시금 훑어봐야 하는 일도 남아 있건만, 꼼짝도 못 하게 되다니.

"에휴."

"……으음."

민호는 문채은이 뒤척거리다 눈을 뜬 것을 보고 그녀에게 다가갔다.

"채은 선생님. 정신이 들어요?"

"민호 씨?"

의식을 회복한 그녀의 얼굴에는 창백함 대신 혈색이 돌고 있었다. 민호는 발효액으로 단련된 자신의 면역체계 때문인지 수혈의 효과가 상당한 것을 보고 안도했다.

"몸은 괜찮아요?"

고개를 작게 끄덕거리는 그녀에게 민호는 그동안의 상황을 간략히 설명해 주었다.

"비행기에서 케이스를 해결하다니. 민호 씨는 정말이지 매번 절 놀라게 해요."

"하 교수님의 진단 덕분인걸요. 그런데 채은 선생님과 밀회여행 갔다 오는 거 아니냐고 자꾸 농담하시는 게, 아마 귀국하면 꽤 놀리실 것 같아요. 우연히 만났을 뿐인데."

"그 정도 놀림은 일상인걸요. 괜찮아요."

민호의 걱정에 문채은은 힘없는 미소로 화답했다.

"참, 준성이도 무사해요. 하 교수님 말이 자연 항체가 생겨서 별다른 조치하지 않아도 점점 좋아질 거래요."

민호는 한창 그림 그리기 놀이를 하다 다시 잠이 들었을 준성이를 가리켰다. 그러나 침대 위에 있어야 할 준성이가 보이지 않았다. 어디 있나 고개를 돌리다가, 어느새 소리 없이 다가와 자신의 옷깃을 붙잡고 있는 준성이를 발견했다.

물끄러미 바라보는 아이의 눈길은 초점은 모호했으나 문채은을 향해 있었다.

문채은이 손을 들어 준성이의 머리를 쓰다듬으며 말했다.

"준성이 걱정했구나. 선생님 이제 안 아파."

민호는 안경을 쓰고 있지 않아 준성이의 의도가 정확히 보이지 않음에도 기뻐하고 있는 것이라는 확신이 들었다.

준성이가 천천히 손가락을 들었다. 그리고 문채은의 가슴 쪽을 가리켰다.

'커험.'

민호는 눈이 휘둥그레졌다. 정신이 없어 의식하지 못했다. 그녀의 블라우스 사이로 브래지어까지 살짝 드러나 있는 것을. 그 단추를 과감히 뜯은 장본인 민호는 헛기침하며 그녀가 덮고 있던 담요를 목까지 올려주었다.

"푸, 푹 자요. 인천까지 3시간 남았대요."

"고마워요, 민호 씨."

"준성이는 선생님 좀 더 쉬게 아저씨랑 놀자."

민호는 준성이가 입술을 읽을 수 있도록 이 말을 천천히 발음했다.

　그때였다.

　차르륵, 하는 소리와 함께 승무원 칸의 천막이 열렸다.

　스코폴라민 중독 증세를 보였던 코폴라 씨와 고급 향수 브랜드의 CEO 미셸이 걸어 들어오자 민호는 고개를 갸웃했다.

　그들을 안내해 빈자리에 앉힌 프랑수아가 민호 옆으로 다가왔다. 무슨 일인지를 묻는 민호의 눈길에 프랑수아는 부기장의 수칙 때문이라고 귀띔해 주고 다시 천을 닫았다.

　'설마 나랑 접촉했다고 격리 조치? 화내는 거 아니야?'

　민호가 약간 얼어붙은 표정으로 들어온 이들을 바라보는 사이, 미셸은 별것 아니라는 듯 오자마자 빈자리를 찾아 앉았다.

　『이보게.』

　코폴라가 민호에게 다가왔다.

　『이제 괜찮으세요?』

　헝가리어로 묻는 민호의 배려에 코폴라는 웃음기가 머문 얼굴로 말했다.

　『날 구해준 영웅과 포옹 한 번 할 수 있겠나?』

　『영웅이라니요. 당치도 않습니다.』

머리를 긁적이며 코폴라와 포옹을 나눈 뒤, 민호는 노트북으로 작업 중인 미셸 쪽을 흘끔 보았다.

"준성아, 잠깐만."

준성이를 침대에 앉혀 놓은 뒤에 미셸에게 다가갔다. 호흡을 가다듬고 나직이 물었다.

『대표님. 혹시 파라다이스 빌려볼 수 있을까요?』

아마도 5분 정도만 빌릴 수 있다면 조제법을 전부 담아 둘 수 있을 것이다.

『저에게 바이러스를 옮겼더군요.』

움찔 놀란 민호.

『아, 아닙니다. 확률상 대표님이랑 제가 키스하고 부비부비했더라도 걸리지 않을⋯⋯.』

당황해서 변명이 좀 과했다. 이미 숱한 대화와 회중시계의 시뮬레이션으로 쓸데없는 소리를 하면 무시당한다는 것을 파악했기에 민호는 한숨을 푹 내쉬고 등을 돌렸다.

『승무원들이 누구 때문에 회항하지 않게 됐다고 중얼거리더군요.』

그런 민호의 등 뒤로 미셸의 중얼거림이 날아들었다.

『자요. 그게 당신 맞죠?』

미셸이 애장품을 내밀었다.

'맞아요. 그게 접니다!'

민호는 속으로 이렇게 외치며 얼씨구나 향수병을 받아 들었다. 준성이 옆에 걸터앉은 민호가 파라다이스의 마개에 손을 올렸다.

"준성아. 이거 냄새 무지 좋아."

마개를 연 그 순간, 일등석 칸 안에 화사한 꽃 바람이 맴돌았다.

가만히 눈을 감고 있던 문채은의 입가에도, 수첩을 꺼내 '마음에 드는 상대와 포옹하기'를 체크한 코폴라의 입가에도, 무심한 듯 모니터에만 시선을 두고 있는 미셸의 입가에도 빙긋, 기분 좋은 미소가 맴돌았다.

비행기 밖으로 보이는 창문에는 별빛이 어느새 사라지고 푸르스름한 해가 보이기 시작했다.

「08:45」-회항을 막은 자 '강민호'.

-손님 여러분. 우리 비행기는 곧 착륙하겠습니다. 좌석에 앉아 벨트 착용상태를 다시 한 번 확인해 주시고 등받이와 테이블……

민호는 깜박 잠들어 있다가 눈을 떴다. 벨트 착용을 알리는 표시등에 불이 들어와 옆에서 기대어 자고 있던 준성이부터 챙겼다. 그리고 옆자리에 앉아 착륙을 기다렸다.

비행기가 인천공항의 활주로에 닿았다.

－오늘도 여러분의 소중한 여행을 에어프랑스 FR380과 함께해 주셔서 대단히 감사합니다. 저희 승무원들은 앞으로도 한 분 한 분 특별히 모시는 마음으로 더욱 정성을 다할 것을 약속드립니다. 지금부터 앞문을 이용하여 내려 주시기 바랍니다.

프랑수아의 대표 안내 방송도 끝났다.

현재 한국의 시간은 일요일 저녁 8시. 민호는 창밖으로 AN 병원의 구급차가 와 있는 것을 보았다.

'오호, 서울까지 편하게 가겠네.'

일반 승객들이 내리는 동안, 민호는 슬쩍 애장공간이 있는 갤리로 걸어갔다.

주황빛이 어려 있는 벽면.

탑승했을 때만 해도 경험해 볼 수 있지 않을까 기대했으나, 계속된 사고가 끊이지 않은 덕택에 이제야 겨우 자세히 구경할 수 있었다.

'여기도 AN 병원의 애장공간과 비슷한 조건이 있겠지?'

주인의 목적과 부합한 의지가 필요하다는 것. 애장품을 사용하겠다는 욕망보다 누군가를 살리겠다는 마음이 더 우위에 있어야 사용을 허락하겠다는 그 말은 아직 잊지 않았다.

문채은을 살리고 싶은 욕망이 최우선이었던 비행 도중의 행동 정도라면, AN 병원의 애장공간을 길들일 만한 조건이 될 수 있을까?

민호는 무의식중에 갤리의 벽에 손을 올렸다.

"역시, 아무 느낌이……."

뚜벅.

누군가의 인기척에 움찔 놀란 민호가 고개를 돌렸다. 승무원 하나가 갤리 입구에서 고개를 내민 것이기에 괜히 놀랐다고 가슴을 쓸어내렸다. 그러다 상대의 얼굴을 보고 경직되고 말았다.

어째서.

승무원 칸 한쪽에 걸려 있는 낡은 액자 속 사진과 얼굴이 똑같은 건지.

복장은 복고풍 유니폼인 것처럼 촌스러웠다. 여인은 이 공간의 주인이라도 되는 듯 온화하고 기품 어린 표정으로 민호에게 고개를 숙여 보였다.

"어……?"

주황빛이 흡수되어 사라지는 것을 본 민호는 놀라지 않을 수 없었다.

'길들이는 것에 성공했다고?'

『미스터 강. 수고하셨습니다.』

안내 방송을 끝마치고 프랑수아가 다가왔다. 당연하게도 갤리 입구에 서 있는 여인은 보지 못한 듯했다.

『사무장님. 저 액자에 있는 분은 누구죠?』

『'테일러' 말씀이신가요? 이곳에서 근무하다 몇 년 전에 돌아가신 사무장님입니다. 객실 칸의 수호여신이라고 할까요? 미신이긴 하지만, 승무원이 저 마드모아젤의 사진에 인사하면 이 비행기에 탑승한 어떤 진상 손님도 상대할 수 있게 된다고 하더군요.』

갤리의 능력은 뭘까 궁금해하며 벽에 다시 손을 댄 민호는 몸이 붕 뜨는 느낌과 함께 비행기의 전체적인 모습이 한눈에 들어오기 시작해 입을 벌리고 말았다.

『에비앙! 입구는 저쪽이야.』

프랑스 주부 '카뮈'가 카랑카랑하게 소리치자 한국인 승무원 '이나은'이 에비앙을 붙잡았다.

이제는 몸을 움직일 수 있는 동양인 의사 '문채은'이 준성이와 함께 일등석 칸에서 걸어 나왔다.

멀미약에 기절했던 노인 '코폴라'는 파일럿과 악수하기 버킷 리스트 해결을 위해 조종실 복도에 섰다.

순항한 FR380의 기장 '루크'와 안전제일주의 부기장 '폴로'는 조종실 안에서 기기를 체크 중이었다.

'이게 유품화된 애장공간의 능력이라고?'

마치 유령이 된 것처럼 객실 안을 자유롭게 통과해 모든 상황을 지켜볼 수 있다는 것. 확실히 보통의 유품과는 차원이 다른 능력이었다.

감탄 또 감탄하던 민호는 승무원 칸의 거울에 시선이 머물렀다.

한국의 매너 좋은 연예인이었다가, 의사 뺨치는 젊은이에서 동양의 신비남이 됐다가, 프랑스의 미남 배우와 비견되더니 이제는 회항을 막은, 애장공간의 주인이 된 '강민호'가 그 안에 있었다.

『미스터 강, 어디 불편하십니까?』

『아, 아니에요. 내리려니 아쉬워서. 다시 타 보고 싶네요, 이 비행기.』

『언제든 환영입니다.』

―――――

Object : 파라다이스 향수병.

Effect : 꿈의 향수를 만들어냈던 장인의 제조공정을 이해할 수 있다.

Cross Object : 호리병과 향수병의 동·서양의 조화 2종 세트.

Effect : 손에 들고 흔들면 현실에서도 꿈을 꿀 수 있는 극락의 향에 중독된다.

Relic Space : 마드모아젤 '테일러'의 작업 공간.

Effect : 기내 안, 서비스를 원하는 승객의 모든 상황을 이해할 수 있다.

69.
진심과 연기(1)

민호는 새벽이 되어서야 AN병원의 응급의료센터를 빠져
나왔다. 진단과의 펠로우 이희철이 뒤따라 나오며 민호를 배
웅했다.

"빈혈기는 없어?"

문채은에게 수혈하느라 왼쪽 팔에 난 주삿바늘 자국을 흘
끔 살펴본 민호는 고개를 끄덕였다.

"괜찮은 것 같아요."

"혈청 검사 결과가 놀랍더라고. 면역 반응 수치가 전부 최
상이야. 거기다 O형. 누군가에게 수혈하기에는 최고의 피라
고 볼 수 있지. 민호 씨 몸 관리 엄청 했나 봐."

추가 감염의 위험이 있지 않나 예방 차원에서 한 자신의 검사 결과를 두고, 위험은커녕 이상할 정도로 건강하다는 이희철의 소견에 민호는 남모를 미소를 지을 수밖에 없었다. 발효액을 동반한 극렬한 운동법이 면역력도 상당히 길러준 모양이었다.

"그렇게 정신없는 비행 중에 해법을 찾다니. 역시 민호 씨야. 비록 같은 식충이 취급을 받았지만, 파리의 의사들이 식겁한 표정도 볼만했어. 한국 의학계의 높은 수준을 보여준 것 같은 기분이랄까? 고마워, 민호 씨."

"뭘요."

"이참에 진단과 자문위원 해볼 생각 없어? 내 사비를 털어서라도 급료 보태줄게."

"재미는 있겠지만 아마도 스케줄과 페이가 맞아야 가능할 거예요."

민호는 현재 자신이 방송 출연과 CF로 얼마의 수익을 올리고 있는지 은근슬쩍 언급해 주었다. 진단과 전체 의사의 급료를 다 합쳐도 안 될 수준이란 것을 들은 이희철이 낙담한 표정이 됐다.

"이거 채은 선생의 미인계밖에는 답이 없나. 민호 씨도 마음 있잖아."

"제가요?"

민호의 대답은 듣지도 않고 한바탕 웃은 이희철.

"그리고 말이야. 프랑스어는 어찌 그리 잘한데? 이제는 민호 씨가 못하는 게 뭘지가 궁금할 지경이야."

민호는 점점 슈퍼맨을 보는 듯한 경외의 눈길이 되어가는 이희철을 보며, 슬슬 귀찮은 설명들을 덧붙여야 할 타이밍이 찾아오고 있음을 깨달았다.

"기획사에서 해외 진출을 노리고 있다 보니. 유럽시장 공략이다 뭐다……."

재빠르게 좋은 프랑스어 과외 스승을 두었다고 얼버무렸다.

"그 와중에 또 공부? 캬, 연예인 아무나 하는 게 아니구만."

"대비만 해두는 거죠, 뭐."

프랑스어 스승이 반지에 깃든 요원이라는 사실을 밝힐 수 없다는 것이 조금 찔리지만 겸손한 미소로 마무리했다.

"그럼, 가볼게요."

이희철은 엄지를 치켜들고 '메디컬 24시' 촬영 때 보자며 손을 흔들었다.

인사를 끝낸 민호는 곧장 대로로 향했다. 시계를 확인하니 새벽 4시. 본래는 밤 10시에 숙소에 도착해 잠을 푹 자고 한 주간의 일정을 시작할 계획이었다.

'어쩔 수 없지. 샤워만 하고 바로 스케줄 가야겠어.'

뜻밖의 사고가 연속으로 벌어졌던 야간비행으로 거의 못

잔 까닭에 피곤이 엄습해 왔다. 그래도 별 탈 없이 병원 침대에서 쉬고 있는 문채은과 준성이를 떠올리자 마음만은 뿌듯했다.

하품을 하며 도로변에 도착한 민호는 콜택시를 불러 숙소로 돌아가기 위해 휴대폰을 들었다. 택시어플을 검색하다 근처에서 차도를 살피고 있는 늘신한 외국인 미녀를 발견했다.

'미셸?'

앞에는 향수 사업을 위해 프랑스 본토에서 한국으로 날아온 유명 CEO, 미셸 오드리가 택시를 잡기 위해 두리번거리는 중이었다.

민호는 택시를 부르기 위해 어플을 열며 미셸에게 다가섰다.

『서울에서는 이 시간에 택시 그냥 잡기 힘들어요. 빈차가 보이면 손가락을 이렇게 들고 바로 '따블', '따따블'을 외쳐줘야…….』

유창한 프랑스어에 미셸이 시선을 돌렸다. 민호는 한결같이 냉랭한 그녀의 시선에 농담을 멈추고 자신의 휴대폰을 들어 보였다.

『'콜택시' 부르는 중인데, 한 대 더?』

『부탁해요..』

IT사회의 선두에 서 있는 대한민국 서울답게 문자로 간단히 택시 2대 콜을 끝냈다. 그리고 이어진 대기시간. 아직 해가 뜨지 않아 어둑한 보도블록 위에 적막함이 맴돌았다.

'택시야 어서 와라.'

민호는 자신과 접촉했다는 이유로 강제적으로 응급실에 동행해 이 시간까지 검사를 받게 한 죄가 떠올라 계속해서 헛기침만 하며 딴청을 피웠다.

『당신, 한국의 연예인이라고 했나요?』

먼저 입을 연 것은 미셸이었다. 민호는 도둑이 제 발 저린 심정으로 슬며시 고개만 끄덕였다.

『병원에 붙잡혀서 검사를 기다리는 동안, 프랑스 검색사이트에 강민호를 쳐봤어요. 흥미로운 기사가 있더군요.』

어느새 다가온 미셸이 그녀의 휴대폰을 들어 사진 한 장을 보였다. 외교부 주관 행사로 파리 관현악단과 협연을 하는 민호의 모습이었다.

『장 주앙 부시장의 코멘트가 인상적이에요. '세상에 둘도 없을 감성적인 피아니스트, 쇼팽 매니아.' 이분이 이렇게 칭찬하는 클래식 연주자는 드물거든요.』

기사가 날 거라고 생각은 했지만, 프랑스 신문을 통해 먼저 듣게 될 줄은 몰랐다.

『부시장님을 잘 아시나 봐요?』

『제 브랜드의 고객 중 하나니까요.』

파리 한정, 그것도 레스토랑 '피에르'를 방문해야만 가능한 연주였기에 민호는 상대의 칭찬을 담담히 받아들이며 아무렇지 않은 척했다. 장 주앙 부시장의 지인이라면 혹시 귀찮은 일이 생길지도 모를 일이니까.

『아…… 부시장님과 그런 인연이 있으셨군요.』

『향수에 대한 조예도 그렇고, 의학 지식도 그렇고. 첫인상과 이렇게 다른 느낌을 주는 사람은 처음 봐요.』

영혼 없는 대꾸를 한 민호에 반해 한번 입을 연 미셸의 관심은 쉴 새 없이 이어졌다. 저 까다로운 CEO의 호기심 어린 시선에 민호는 적당한 답변을 궁리해 말했다.

『한국의 '쇼 비즈니스' 업계는 보통 능력으론 살아남기 힘들거든요.』

『당신에게는 겉으로 보이는 것과는 다른 묘한 분위기, 향이 있어요.』

'뭐라?'

순간 민호는 살짝 긴장했다. 비행기 안에서 여승무원들의 반응을 보며 낌새를 느끼긴 했다. 자신이 좀 멋있었어야지. 감정 표현에 솔직한 서양인의 특성상 이 자리에서 갑작스레 고백이라도…….

『저희 브랜드의 이미지와 딱 맞아떨어지는 것 같아요.』

『네?』

미셸이 무언가를 내밀었다.

'명함?'

자줏빛의 고급스러운 사각 종이 위에 이름과 전화번호가 고풍스러운 글자체로 새겨져 있고, '파라다이스'의 향까지 은은히 배어 있는 척 봐도 VIP접대용 같았다.

『전 '오드리' 향수를 한국에서 발매할 계획이에요. 유럽 쪽 모델을 이용해 광고 계획안을 짜고 있었는데, 미스터 강민호를 보고 생각이 바뀌었어요. 조만간 회의를 통해 기획안 정리해서 정식으로 요청할 테니 고려해 보세요. 조건은 한국 '쇼 비즈니스' 업계 최고로 맞춰 드리죠.』

지레짐작이 저 멀리 날아간 사이, 택시 두 대가 도로변에 정차했다.

『그건 'KG엔터테이먼트'로 연락해 보시면 될 것 같아요. 제 기획사거든요.』

『긍정적인 대답을 기대하고 있겠어요.』

한국에서 사업하려는 CEO답게 바로 대답이 나왔다.

'레이디 퍼스트'로 앞 택시의 문을 열어주는 민호에게 가볍게 눈인사한 미셸이 자리에 앉았다.

부웅—

민호는 멍하니 택시가 떠나는 모습을 지켜보았다.

'나 방금 광고를 따낸 건가?'

유럽에서 매우 잘나가는 향수 브랜드의 첫 론칭 광고모델. 공 매니저도 없이 임시계약을 한 것이나 다름없었다. 이렇게 되면 나름의 수확이 있었던 파리행이라고 봐야 할 것이다.

삐빅.

민호는 숙소의 잠금장치를 열고 들어서자마자 욕실을 찾았다. 훌렁, 옷을 벗어 던지고, 샤워기에서 흘러나오는 뜨거운 물에 비행의 피로에 찌든 몸을 녹였다.

수건을 휘휘 감고 밖으로 나오자마자 소파에 기대 12월의 첫 일정을 되새겨 보았다.

'오늘은 드라마 촬영. 내일은 이설이랑 음악 예능. 수요일은 메디컬 24시. 목요일은 이동통신 광고…….'

굵직한 방송이 연이어 잡혀 있는 주간. 그간의 경험상, 목요일까지 눈코 뜰 새 없이 바쁘리란 예감이 팍팍 왔다.

"하암~"

눈꺼풀이 서서히 감겨왔다. 알람을 맞춰놓고, 민호는 잠시만 눈을 붙여야겠다고 생각했다.

띠리리릭.

월요일 아침 6시를 알리는 알람 소리에 눈을 뜬 민호는 크게 기지개를 켜고 소파에서 일어났다. 취화정에 극락향까지 더한 꿀 같은 잠에 빠져 있던 동안 휴대폰에는 그녀로부터 문자가 와 있었다.

[자는 중인가요? 전 지방 촬영 이제 끝나서 홍 작가님 차 타고 올라가는 중이에요.]

'이 시간에?'

아마도 밤새 촬영하고 이동 중에 잠깐 휴식하는 모양새였다.

문자는 그렇게 끝나는가 싶더니 [♥]가 가득 담긴 귀여운 이모티콘과 [빨리 보고 싶어요~]라는 문자가 이어졌다.

이제는 끝에 하트를 붙이지 않으면 도리어 서운해지는 그녀, 서은하의 연락에 민호는 지긋이 웃음부터 나왔다.

기다리고 있겠다는 답문을 보내고 나니 서글서글 웃는 그녀의 얼굴이 더욱 생각났다.

'이번 주만 지나면 은하 씨와는 언제든 만날 수 있어.'

드디어 드라마 촬영도 끝나고, 학교는 방학, 연인들의 날이라 할 수 있는 크리스마스가 이제 코앞. 12월은 왠지 즐거운 달이 될 듯한 예감이었다.

재빨리 옷을 챙겨 입고 밖으로 나서는데 KG엔터 소속의 한 매니저에게서 픽업에 대한 연락이 왔다.

-집 앞으로 갈까요?

"아니에요, 실장님. 러시아워 전에 방송국에 도착하려면 혼자 가는 게 편해요."

-그럼, 대기실에 스태프들 세팅해 놓겠습니다.

민호는 차키를 손에 들었다. 주차장에 내려와 들뜬 마음으로 붕붕이에 올랐다.

-드라이버 시뮬레이터를 시작합니다.

"붕붕아~ 간만에 달려 볼까!"

시동을 걸면 동체시력이 증가하는 까닭에 전방을 보고 있던 민호의 눈이 커졌다.

'웬 카메라지?'

언뜻 스치고 지나간 렌즈의 끝 부분. 주차장의 기둥 뒤에 누군가 있다는 것이 짐작되어 점자시계를 터치해 보았다. '찰칵'거리는 연이은 셔터음과 낯선 이의 숨소리가 선명히 들려왔다.

-오늘도 허탕이네. 강민호 저거는 친한 여자도 많으면서 한 번을 안 들켜. 공항에서도 구급차를 타고 이동하질 않나.

상대의 중얼거림에 민호는 단박에 정체를 알아챘다.

"파파라치?"

인기 연예인에게만 따라붙는다는 그 직업. 옐로우 저널리즘의 대표주자가 지금 자신의 숙소 지하 주차장에 죽치고 앉아 있다.

집 앞에 공공연히 파파라치가 대기할 정도라는 것은 그 시대의 핫한 연예인이 됐다는 증거라고 공 매니저가 강조했었다. 워낙 조직화되어 있고 숫자도 많아 심각한 사진을 찍히지 않는 쪽으로 조심하는 것이 낫다는 의견도 함께.

"캬하, 내 인기가 이 정도였어? 이럴 줄 알았으면 좀 꾸미고 나오는 건데."

세트장에 가서 메이크업 할 생각만 하고 대충 차려입고 나온 것이 아쉬운 민호였다. 민호가 백미러를 통해 외모를 살펴보는 동안 붕붕이의 라디오 전원부 불빛이 반짝였다.

─경고. 드라이버의 허세가 증가한 상태입니다.

"허, 허세라니?"

난데없는 소리에 울컥한 민호가 라디오를 보며 쏘아붙였다.

"이봐, 붕붕씨. 저 앞에 파파라치 보고도 그런 소리가 나와?"

어깨를 으쓱하고, 엄연한 사실을 얘기하는 민호에게 붕붕이의 무미건조한 음성이 이어졌다.

─자기만족에 빠진 드라이버의 주행은 사고를 불러일으킬 위험이 있습니다.

뭐든 드라이버의 소양과 귀결되는 붕붕이의 반론은 너무 정석이라 받아칠 구석이 없었다.

−그러니 운전에 집중하십시오.

"쳇. 빈틈없는 녀석."

민호는 헛기침하며 다시 기둥 쪽을 살폈다. 인기의 증거, 파파라치는 더 이상의 움직임이 없었다.

QBS의 인기드라마 '사계절의 행운' 촬영세트장은 이른 아침임에도 분주한 열기를 물신 풍겼다.

촬영 팀을 여러 개로 나누어 찍는 것도 모자라, 며칠째 잠도 못 자고 작업하는 스태프들이 태반. 피부는 푸석푸석, 얼굴에는 피로가 가득함에도 눈빛만은 모두 '이 장면은 꼭 살려야 한다!'라는 포스를 마구 뿜어댔다.

"안이현 씨! 연속 신이라 힘들겠지만 조금 더 감정을 폭발시켜 봐요. 바로 이어서 갑시다!"

권우철 PD의 외침에 분노한 감정에 몰입 중이던 모니터 속 배우가 손가락으로 OK사인을 보냈다.

"여기도 은하 씨처럼 밤샘 촬영한 거 같은데."

민호는 세트장 입구에 들어서다 그 열기를 목격하고 놀랐다.

'전부 눈에 불을 켜고 작업하는구나.'

여독을 풀 새도 없이 바로 방송국에 온 자신의 고단함은 비교도 안 될 정도로 피곤해 보이는 스태프들의 모습에 민호는 막바지 촬영이라는 것이 실감 났다. 이 드라마 자체에 큰 열정 없이 참여하고 있다는 사실 자체가 미안해질 정도로.

"조금 찔리네, 이거."

연기욕심이 웬 말. 앞에 보이는 조명감독님의 반사판 다루는 기술을 맛볼 수 있는 애장품이 더 욕심나니 말이다.

"어? 민호 씨 어서 오세요."

가장 먼저 민호를 발견한 FD 황창순이 퀭한 눈을 하고서 인사해왔다.

"좋은 아침이에요. 다들 정신없어 보이네요."

"아우, 말도 마십시오. 앞으로 4일만 버티면 된다는 생각으로 일하고 있습니다."

"촬영 일정표 하나만 주시겠어요?"

"아, 잠시만요."

황 FD가 민호에게 일정표를 건네주었다.

"민호 씨 촬영은 B팀입니다. 8시 시작이니 준비해 주세요."

"그럴게요."

보통은 공 매니저가 세부 일정을 정리해 알려 주지만, 현재 러시아 상공 어딘가를 비행하고 있을 것이기에 민호는 표를 보고 자신의 시간만 추려냈다.

[오전 8:00, 19화 8-1 '알랭의 방송 출연']

．．．．．．．

[화, 오후 10:00, 알랭 특별신 추가예정.]

'다른 연기는 대충 대비해 뒀고. 가만…… 특별신?'

민호는 미리 반지의 능력으로 암기하고 있었던 대본 내용을 더듬어 보았다. 거기에선 최종화에서 서은하에게 멋지게 고백하는 신이 끝이었다.

"저희 대본 수정됐나요?"

이 물음에 FD는 자신도 모르겠다며 고개를 저었다. 그 대답을 해줄 권 PD는 현재 다른 신 촬영에 매진하느라 정신이 없어 보였기에 민호는 일단 고개를 끄덕인 뒤에 배우 대기실로 향했다.

"민호 형!"

문을 열자마자 코디 김시완이 반가운 얼굴로 다가왔다.

"파리는 잘 다녀오셨어요?"

"뭐, 그럭저럭."

"공 매니저님은 안 오신다고 해서 사고가 난 줄 알고 아침부터 깜짝 놀랐어요."

"일은 잘 끝났으니 걱정 마. 나 8시 촬영 바로 들어가니까의상부터 챙겨줘."

의외의 일이 벌어졌던 비행에 대한 이야기는 가슴에 묻어

둔 채, 민호는 김 코디가 내민 셰프 복장을 받아 들고 탈의를 시작했다.

"맞다. 심 셰프님께 받아 왔어?"

"요리용 칼 말씀하시는 거죠?"

김 코디가 테이블 위에 올려둔 전용칼집과 식칼을 가리켰다. '맨 앤 정글' 프로그램을 위한 훈련 때 인연을 맺은 셰프 심광석에게 빌려둔 애장품이 보이자 민호의 입가에는 빙그레 미소부터 그어졌다.

'역시 광석 형님, 사람 좋다니까.'

오전에만 잠깐이지만 수준 높은 칼질을 또 경험할 수 있게 생겼다.

"근데 촬영 소품을 왜 민호 형이 직접 챙기시는 거예요?"

"국내 최고 셰프님의 좋은 기운을 받아볼까 해서. 실제로 사용하시는 칼이잖아."

민호의 대답에 김 코디는 무언가 깨달은 사람처럼 손가락을 튕겼다.

"저 그거 뭔지 압니다. 배역에 확 몰입하기 위한 준비단계 같은 거죠? 메 뭐더라? 아, 메소드 연기! 전에 담당하던 분이 연기학원 매일 가서서 어깨너머로 들어 봤어요. 연기는 진실성을 갖춰야 한다고."

"그…… 어, 그렇겠지?"

어찌 보면 그 인물에 푹 빠져드는 것이기도 하니, 애장품들을 활용하는 것 자체가 하나의 연기일지도 모르겠다는 생각에 민호는 피식했다. 그리고 하얀 상의의 단추를 채우는 것에 열중했다.

깔끔한 앞치마 착용까지, 민호가 의상을 전부 갈아입는 동안 옆에서 보조하던 김 코디는 유난히 싱글벙글한 표정이었다. 그것이 궁금한 민호가 물었다.

"넌 근데 왜 그렇게 밝아? 기분 좋은 일이라도 있어?"

"저는 민호 형이 드라마 촬영장 올 때가 제일 좋아요."

"뭐가?"

"서은하 누님도 자주 뵐 수 있고, 요즘 이 드라마로 빵 뜬 정승미 씨도……."

얼굴이 발그레해지는 것이 딱 봐도 정승미에게 더 관심을 두고 있음이 느껴졌다. 민호는 기억을 더듬다가 몇 회 전 알랭의 한국 등장 신에서 귀여운 여고생 역으로 나왔던 스무 살의 배우를 떠올렸다.

"뭐야, 은하 씨보다 라이벌 AT엔터의 승미 씨가 좋다고?"

"무, 물론 은하 누님도 대단하지만. 승미 씨가 딱 제 취향 저격이라."

약간의 경쟁심리가 발동한 민호가 물었다.

"어디가 그렇게 취향인데?"

"연기 같이 해보셔서 아시잖아요. 친근하고, 애교 넘치고, 무엇보다 그 통통 튀는 매력……. 이렇게 눈썹 치켜뜨면서 올려다볼 때 있잖아요. 아주 녹아요, 녹아."

"우리 은하 씨…… 아, 아니. 서은하 씨도 애교 많아. 잘 웃고."

'키스를 시도할 때는 내 애간장이 살살 녹지'라고는 차마 자랑할 수가 없었다.

"에이, 서은하 누님은 좀 다르죠. 뭐랄까 감히 범접할 수 없는 완벽한 꽃 같은 느낌? 정말 예쁘시지만, 저 같은 사람은 말도 못 붙일 고결한 분위기 있잖아요. 민호 형이니까 그나마 수준에 맞는 대화가 가능한 거지. 저는 은하 누님이 들고 다니는 책 제목도 못 읽어요."

"그러냐."

민호는 턱을 긁적였다. 물론 처음에는 자신도 대화를 끌고 나가기가 버겁긴 했다. 그러나 아무리 그래도 서은하가 정승미보다 못하다니.

'애교? 네가 은하 씨 술 취한 거 못 봐서 그래. 통통 튀다 못해 귀여워서 입이 쩍 벌어진다 너.'

은밀히 소장 중인 서은하의 '파리 술주정 셀캠'을 보여줄 수도 없고. 민호는 자랑을 속으로 꾹 눌러 담으며 KG의 스타일리스트에게 메이크업을 받기 시작했다.

잠시 후.

첫 신 촬영을 위해 대기실 밖으로 나서던 민호는 막 옆방에서 걸어 나오는 다른 조연과 눈이 마주쳤다.

"알랭 셰프님!"

극중 역할을 강조하기 위해서인지 부유한 집의 막내 따님처럼 곱게 차려입은 정승미가 쪼르르 달려왔다.

"'8-1'부터 연속 촬영 가는 거죠?"

"네."

"같이 가요."

B팀의 촬영 세트장으로 가는 길. 별달리 의식해 본 상대도 아니건만, 방금 김 코디와 벌인 마음속 설전 때문인지 자꾸만 흘끗거리게 됐다. 그러다 눈이 마주치자 정승미가 웃으며 말했다.

"오늘 알랭과 함께하는 마지막 촬영이네요. 아쉬워라."

"그러게요."

"어머, 말 놓기로 했으면서 왜 남처럼 구세요?"

민호는 '그랬었나?' 하고 예전 촬영을 떠올리다 반지의 감성을 빌어 연기하던 그때를 떠올렸다. 하여튼 JB. 미녀만 보면 너무 격식에 얽매이지 않아서 문제다.

"간만에 봐서 그런가? 낯서네, 하하."

얼버무리는 민호의 반응은 개의치 않고 정승미는 계속 말을 붙여왔다.

"요즘 최고 인기남인 거 알죠?"

"누가?"

정승미가 큼지막한 눈을 껌벅이며 자신을 가리키자 민호는 "내가?" 하고 되물었다.

"네, 오빠요. 우리 드라마 끝나고 실검 순위 안 보셨어요? 언제나 알랭이 1등. 원탑 주인공인 은하 언니도 밀린다고요."

"그렇다고 설마 최고겠어? 분량도 적고, 운이 좋았던 것뿐인데."

"어머, 뭘 모르시네요. 민호 오빠는 캐릭터가 확실해서 등장이 짧아도 기억에 확 남아요. 이거 보통 배우한테는 없는 재능이라고요. 제가 아역 때부터 얼마나 많은 배우를 목격했는데 그걸 캐치 못 할까."

이제 스무 살이긴 해도 배우로서는 대선배인 정승미는 이미 자신만의 연기관이 확실해 보였다. 게다가 김 코디의 말 때문인지, 빤히 올려다보는 상대의 눈길에서 남자의 심장을 두근거리게 하는 자연스러운 애교가 언뜻언뜻 비치는 느낌이었다.

'기분 탓이야. 겨우 이 정도에 녹아내리기는 무슨.'

여자는 각자의 매력이 있고 그것을 존중하는 것이야말로

남자의 매너라는 것은 민호가 평소 갖고 있던 아이돌, 미인에 대한 지론이었다.

하지만 상대는 조연임에도 여주인공인 서은하만큼이나 인기를 얻고 있다는 여배우. 거리감은 멀게 둘수록 좋다.

"홍 작가님 대본이 훌륭해서 그렇지 뭐."

이렇게 정리한 민호는 세트장 입구를 가리켰다.

"다 왔네."

민호를 주의 깊게 바라보던 정승미가 낮은 목소리로 덧붙였다.

"그것도 맞는 말이지만요, 시청자는 그냥 잘생기고 예쁘다고 팬이 되질 않아요. 뭔가 다르게 반짝이는 배우를 좋아하죠. 저희 소속사 실장님이 오늘 신에서 알랭과 애틋한 장면 꼭 뽑으라고 신신당부하실 정도로 오빠 연기 괜찮아요."

거급되는 칭찬은 어쩌면 관심 있다는 표현일지도 몰랐다. 민호는 반사적으로 고개를 저으며 심리적 방벽을 쳤다.

"칭찬 고맙긴 한데 진짜 배우들이 들으면 욕해."

"욕하라고 하죠. 말이 나와서 그런데, 이번 신에서 제가 너무 들이대도 놀라지 마세요."

"들이대?"

의미심장한 미소를 지은 정승미를 본 민호의 얼굴에 의아함이 스쳤다.

"대본에서는 크게 안 벗어 날 테니 걱정 마요. 자기가 전형적인 신스틸러인 것도 자각 못 하는 배우를 상대로, 저도 아역부터 쌓아온 매력이란 걸 보여줘 볼 생각이니."

"무슨 말이야?"

"헤헴~ 알랭 셰프와 정성들인 즉흥 연기를 펼쳐 보겠다 이거죠. 8-2신에서 봬요."

정승미가 손을 흔든 뒤 세트장 안으로 사라졌다.

언제 매력적인 표정으로 자신을 홀리려 들었느냐는 듯 쿨한 인사. 뭘 보여준다는 것인지는 몰라도 이동하는 내내 자신을 계속 추켜세운 것이 이 선언을 위해서였다는 걸 알게 되자 상당히 뻘쭘해졌다.

'나한테 관심 있는 줄 알고 헛물만 켰네. 설마 지금께 다 연기?'

민호는 '에이' 하고 고개를 흔들었으나 살짝 소름이 끼치는 건 어쩔 수 없었다. 여자의 매력이란 건 자연스러워야 끌리게 마련인데, 그걸 임의로 조절할 수 있다는 건 도저히 믿을 수 없었다.

≪사계절의 행운 19화 8-1 '알랭의 방송 출연'≫

이번 신은 입양됐던 알랭이 한국의 부모를 찾기 위해 이름부터 알려야겠다고 시작한 요리방송에서 활약하는 장면이었다.

민호는 도마 위에 심광석에게 빌린 식칼을 올려두고 주위를 한차례 둘러보았다.

케이블의 요리 예능프로그램 촬영 장소로 꾸며진 이곳은 널찍한 조리대와 각종 채소, 고기, 이름 모를 소스가 한곳에 늘어서 있는 세트장이었다.

"강민호 씨 스탠바이 해주시고, 요리하는 장면만 한 10분 정도. 우선 근접 촬영으로 빠르게 찍고 넘어갈게요."

B팀을 주관하는 PD라고 밝힌 이원호의 음성에 민호의 고개가 돌아갔다.

"바로 하면 되나요?"

"편하게, 하는 척만 하셔도 됩니다. 실제로 음악 깔고 빠르게 편집해서 넘어갈 테니. 다만, 뻔하긴 해도 프라이팬 위에서 불 한번 확 내는 게 필요해 보이는데."

그게 가능하냐는 눈빛에 민호는 문제될 것 없다고 고개를 끄덕였다.

-스탠바이! 액션!

칼을 잡기 전에 가볍게 손목을 스트레칭했다. 그리고 촬영을 위해 미리 완성해서 올려둔 음식부터 살폈다.

색색의 채소가 곁들여진 소스가 가미된 구운 소고기 한 덩이. 이 PD는 저것을 만드는 흉내만 내라고 요구였다.

'부탁해요, 심 셰프님.'

애장품을 손에 쥐자마자 완성품과 비슷한, 심광석의 경험 속에 있는 프랑스식 스테이크를 만드는 방법이 떠올랐다.

필레미뇽. 가장 조직이 부드럽고 질기지 않은 안심 부위로 만드는 스테이크.

팬에 기름을 두른 후 중불에서 뜨겁게 달궈놓은 사이, 소고기 한 덩이를 베이컨으로 감싸 이쑤시개를 꽂아 놓았다.

후추와 소금을 고기에 뿌려 능숙하게 간을 한 다음 올리브 오일로 코팅, 그대로 팬 위에 올렸다.

치이이익.

그 맛깔 나는 소리와 비주얼에 근접 촬영 중이던 카메라 스태프가 침을 꿀꺽 삼켰다.

고기의 한쪽 면이 익는 동안, 민호는 레드와인 소스에 들어갈 채소를 찾아 도마에 올렸다.

타다다다닥.

파와 양파, 마늘이 리듬감 있는 칼질에 분해되어 유리그릇에 담겼다. 두 번째 팬에 손질한 채소를 넣고 볶다가 와인을 넣었다.

불길이 순간적으로 확 타올랐다 사라지는 모습. 플람베라 불리는 기법의 사용이 너무 편안해 보였기에 바짝 서 있던 조명 스태프는 그다지 위협을 느끼지 못했을 정도였다.

"민호 씨, 요리 꽤 하네."

모니터를 살피며 편집점을 궁리 중이던 이 PD는 끊어갈 필요 없이 계속 진행하라는 신호를 보냈다.

채소볶음에 레드와인을 더 붓고 허브 잎까지 넣은 뒤 졸이기 시작했다.

소스에서 우러나오는 향긋한 냄새가 세트장 전체로 퍼지자 스태프전체가 시장기를 느껴 뱃속에 꼬르륵 소리를 낼 정도가 됐다.

'오븐도 없으니 팬 온도 조절은 확실히 해야지.'

민호는 여기서 점자시계를 터치해 세밀한 감각까지 키웠다.

능숙하게 불을 조절해 잘 익은 고기를 뒤집고, 접시 위에 세팅을 완료한 뒤 소스를 부었다. 뒤이어 미리 완성되어 있던 요리와 비교해도 꿀리지 않는 필레미뇽이 카메라 앞에 짠하고 등장했다.

"저, 요리는 끝났는데. 뭐 더 필요한 장면 있나요?"

사용했던 칼을 행주에 닦으며 민호가 물었다. 멍하니 앉아 있던 이 PD가 벌떡 일어났다.

"아뇨, 됐습니다. 좋아요, 좋아."

엄지를 치켜드는 이 PD. 접시 옆으로 우르르 몰려온 스태프들은 대부분 놀란 눈을 감추지 못했다.

"이게 10분 만에 나온 음식이야?"

"스테이크 소품 섭외할 필요가 없었잖아."

"민호 씨가 만든 거로 다음 신 이어가게 세팅해야겠네. 비주얼도 그렇고 훨씬 때깔나 보여."

민호는 어제 만들어서 겉만 멀쩡한 완성품보다 맛도 좋을 거란 확신이 있었으나 입 밖에 내진 않았다. 그저 심광석에게 감사할 뿐.

"왜들 그렇게 모여 있어요?"

그때, 촬영장으로 중년 여성 한 명이 나타났다. 점자시계로 청각 또한 증가해 있기에 민호는 듣자마자 이 목소리가 누구인지 알아챘다.

드라마의 기획부터 인기를 얻기까지, 중추적 역할을 도맡은 홍은숙 작가가 걸어오자 이 PD가 먼저 다가서며 고개를 꾸벅 숙였다.

"어서 오세요, 홍 작가님. 지방촬영 참여하셨다더니 종료됐나 봐요?"

"네, 다들 고생 많았죠. 이제 세트랑 서울 로케만 남았답니다."

민호를 흘끔 본 홍 작가가 가볍게 눈인사를 했다. 함께 차를 타고 온 서은하도 곧 올 거란 무언의 암시에 민호는 싱긋 웃음으로 화답했다.

"이게 무슨 냄새야? 향 좋다."

"강민호 씨가 직접 한 겁니다. 요리솜씨 엄청나던데요?"

"호호~ 제가 괜히 이 신 집어넣었겠어요. 민호 씨 요리 실력 상당하다는 걸 소스를 통해 들었거든요."

이 PD는 다음 장면을 위한 촬영 준비를 지시하고 홍 작가에게 물었다.

"여기서 계속 구경하시게요? 주연 배우와 담당 프로듀서가 있는 A팀으로 가셔야 하는 거 아닙니까?"

"오다가 잠깐 봤는데, 다들 배역에 몰입해 감정이 격해서 끼어들기 그렇더라고요. 그리고 그쪽보다 이 장면이 더 중요해요. 19화에서 주연인물 대부분 분위기가 무겁고 진지한데 그나마 숨통이 트이는 포인트 장면이거든요. 이게 살아야 시청률이 확 올라서 마지막 회 30%를 노릴 수 있어요."

홍 작가의 설명에 이 PD는 '과연' 하고 고개를 끄덕였다.

'포인트?'

자신의 신이 그렇게까지 비중이 높지 않다고 여기고 있던 민호는 왜 정승미가 연기 선전포고를 했는지 대충 이해가 갔다.

실검 1위 운운하더니, 19화 끝나고 나서 그녀가 1위를 차지하고 싶었던 것이다.

그사이 홍 작가의 시선이 민호를 향했다. 본의 아니게 엿

듣고 있던 민호는 어색한 미소를 지을 수밖에 없었다.

홍 작가가 파이팅을 외치며 잘하라고 응원까지 하는 것이 뭔가 기대하는 듯한 눈길임은 확실히 알 수 있었다.

'음…… 어쩐다.'

차마 이것까지 쓰게 될 줄은 몰랐으나, 나름대로 전력투구가 필요한 사항이니.

"시완아. 내 가방 좀."

민호는 스태프들 틈에 서 있는 김 코디를 불러 백팩을 열었다. 안에서 손거울을 꺼내 외모를 체크하는 척하며 이번 신에 가장 알맞은 인물이 누구일지 생각해 보았다.

반지를 통한 요원의 삘은 한 가지밖에 연기할 수가 없다. 그러나 지금 신에서는 요원의 분위기만으로는 잘 표현할 수 없는 대사가 포함되어 있었다.

휴대폰에서 동영상을 검색해 마침 알맞아 보이는 인물을 찾은 뒤 거울에 비추기까지 대략 30초.

'옳지. 됐어.'

거울에 비친 대상의 말투와 행동을 흉내 낼 수 있는 이 유품을 가장 잘 활용하는 방법은 어쩌면 배우 활동일지도 몰랐다.

"출연진들 모두 들어오세요!"

본 촬영의 시작을 앞두고 요리방송 MC 역할의 배우와 패널로 참여하는 엑스트라들이 조리대 옆에 늘어섰다.

"8-1! 레디, 액션!"

이 PD의 신호에 맞춰 알랭의 요리를 맛보고 잡담하는 모습이 이어진 뒤, 카메라가 MC의 얼굴을 비췄다.

"내 식탁을 부탁해! 오늘은 프랑스에서 날아온 특급 셰프님의 스테이크를 맛봤습니다. 여러분들은 어떠셨습니까?"

"이게 본토의 맛이구나 싶더군요."

"거짓말 안 보태고 이런 스테이크를 맛보면 부부싸움도 단번에 끝날 겁니다."

패널들의 평에 이어 MC가 민호를 보며 말했다.

"다들 만족하시네요. 알랭 셰프님께서는 평소에 이런 요리를 자주 드시는지 궁금하군요."

민호는 첫 대사를 위해 반지의 경쾌한 톤부터 빌렸다.

"자주 먹지는 않죠. 사랑을 막 시작한 연인들을 위한 달콤한 맛이니까. 이거 집에서 혼자 먹으면 무척 외로워요."

"혹시 알랭 셰프님도 이 요리를 같이 먹을 분이 있는 겁니까?"

"아, 열심히 구애하는 중이라고만 대답하겠습니다."

『기다려요, 내 사랑』이라는 프랑스어를 부드러운 목소리로 발음하는 민호의 모습이 카메라에 클로즈업됐다.

사회자와 대화를 주고받으며, 민호는 동시에 모니터석에

앉아 있는 PD와 작가의 동향에도 귀를 기울였다.

　─보조 연출로 참여한 처지라 잘은 모르지만, 강민호란 배우. 뭔가 집중하게 만드는 힘이 넘쳐 보입니다.

　─여자들이 껌벅 죽는 포인트죠.

　─제가 준비 중인 드라마 가상 캐스팅이 지금 연기력으로 엄청 까이는 중인데, 이거 강민호 씨 고려해 볼 만하겠는데요?

　─민호 씨 이미 저와 한 작품 하기로 해서. 순번 기다리셔야 할걸요~

　알랭 본연의 연기는 괜찮은 반응. 그렇다면 이 다음 신이 문제다.

　"오늘 이렇게 방송 출연을 결심해 멋진 요리를 해주신 진짜 이유가 있다던데."

　"아…… 그건요."

　민호는 호흡을 가다듬은 뒤에 대사와 지문을 떠올렸다.

　입양됐었던 사정을 밝히고 부모를 찾는다는 대사. '알랭 특유의 분위기를 살려 슬프지만 담담하게'라는 그전에는 없던 복잡한 지문이 포함되어 있었다.

　안주머니의 손거울을 톡 건드린 민호가 입을 열었다.

　"저는 프랑스 파리에서 살았던, 한국계 입양아 알랭입니다. 한국에는 친 부모님을 찾기 위해 왔습니다. 이런 방송에 나와 이름을 알리면 혹시나 알아볼 수 있을까 해서요."

동영상 검색으로 보았던 어느 입양아의 인터뷰는 아름답게 포장되어 있긴 하지만, 그럼에도 안타까운 기색이 드문드문 섞인, 딱 지문과 비슷한 톤이었다.

"혹시 이 화면을 보고 계실 친아버지, 친어머니께 한마디만 더 덧붙일게요."

민호는 손거울의 힘을 빌려 동영상 속 인물을 흉내 내, 그도 모르게 나오는 대사를 입 밖으로 말했다.

"저는 당신께서 어떻게 살고 계실지 모릅니다. 입양을 보낸 것을 인생에서 가장 씻을 수 없는 과오라고 생각하며 괴로워하실지. 기억하고 싶지 않은 일이라고 잊고 살고 계실지. 아니면…… 저를…… 찾고 계실지."

과하지도, 모자라지도 않은 슬픔이 담긴 이 대사에 패널로 나온 엑스트라들이 '저런!', '불쌍해' 하는 표정들을 지었다.

"만나지 않는 것이 서로에게 더 아름다운 일이 될 수도 있겠지만, 저는 보고 싶네요. 이런 얼굴, 이런 성격, 그리고 이런 재능을 갖게 해준 제 친부모님을요."

약간의 여운.

"좋아하는 여인이 생겼습니다. 한국인이에요. 한국에는 전통적으로 상견례라는 걸 해야 한다던데, 제 양부모님은 모두 돌아가시고 없습니다. 그러니 도와주신다면 좋겠습니다.

아버지, 어머니."

그리고 이 PD가 '컷!'을 외쳤다.

'본 대사보다 조금 많이 오바한 거 같은데.'

민호는 반응을 살피려다 점자시계의 시간이 끝난 것을 깨닫고 고개를 돌렸다. 연기 톤이 완전히 달라진 터라 잘못됐다면 NG를 선언할 것이기에 이 PD의 표정부터 살폈다.

"다시 갈까요? 대사가 좀 많았죠?"

"아뇨, 아뇨. 저는 애드립까지도 다 괜찮았는데 홍 작가님이…….."

이 PD가 고개를 돌려 홍 작가를 보았다.

홍 작가는 자리에서 일어나더니 믿기지 않는다는 얼굴을 한 채 민호에게 다가왔다.

"민호 씨이!"

"네?"

"그런 연기 가능하면 진작 애기해 줬어야지. 훨씬 더 많이 살릴 수 있었다고."

"아…….."

"에필로그 촬영 걱정 많이 했는데 이거 대박 나겠어."

"에필로그요?"

민호는 촬영 일정표에 적혀 있던 '특별신'을 떠올렸다.

"최종화 끝나고, 각 인물별로 후일담을 조금씩 보여줄 거거든. 거기서 알랭은……."

홍 작가가 민호의 귀에 대고 짧게 속삭였다.

"그 장면만 위해서 특별출연하시는 분이 있어요?"

"드라마는 서비스 산업이야. 오래도록 회자되려면, 시청자의 사랑을 받는 등장인물에게 끝까지 서비스 신을 추가해 줘야 해. 여건이 되는 한."

홍 작가는 입을 가린 채 "그래야, 감독판 DVD와 다시보기 수익이 많이 나거든" 하고 말하며 웃었다.

이 PD가 스태프들에게 외쳤다.

"8-1신은 이걸로 마무리하겠습니다. 15분 뒤에 8-2 촬영 들어가니 출연자 분들 준비해 주세요!"

잠시 세트장을 나온 민호는 다음 장면을 함께 찍을 정승미와 마주쳤다.

"바로 앞 신에서 그렇게 치고 나가실 줄은 몰랐어요."

만만치 않은 상대를 보는 듯한 눈길로 자신을 주시 중인 그녀.

본래는 이런 용도가 아닌, 스파이 유품의 능력을 빌렸다고 말할 수는 없기에 민호는 멋쩍게 웃으며 '그런가?' 하고 넘겼다.

8-2신은 평소 알랭을 졸졸 따라붙으며 무차별 호감을 내비치던 부잣집 아가씨가 방송국에 찾아와 대차게 까이고 엉

엉 우는 연속 장면이었다.

"기대하시라고요, 저도 준비 많이……."

"어?"

세트장 입구에 갓 나타난 한 사람을 보고 민호의 얼굴이 환해졌다.

"승미야, 그럼 촬영에서 봐."

민호는 손을 흔들고 한달음에 떠나버렸다. 정승미의 눈길이 극중 라이벌 서은하와 마주칠 때 내비치던 눈길이 되어 화르륵 불타는 것은 알지 못한 채로.

70.
진심과 연기(2)

　햇살이 은은하게 비치는 세트장 복도 쪽에 그녀가 운동복 차림으로 서 있었다. 환한 웃음꽃을 피운 채로 스태프들과 이야기를 나누는 그 모습에 다가서던 민호는 얼떨결에 시선을 빼앗기고 말았다.

　싱그러움이 배어나는 미소, 찰랑거리는 생머리. 그저 겉모습일 뿐인데 그 안에서 봄바람과 같은 포근함이 느껴지는 건 비단 눈에 콩깍지가 씌어서만은 아니리라.

　"시완아. 비교할 걸 비교했어야지."

　민호는 확신할 수 있었다. 정승미가 아까 했던 말은 어느 정도 맞다. 이렇게 바라보는 것만으로도 빨려들 것 같은 배우가 맛깔나는 연기까지 한다면, 스스로 빛나는 배우의 가치라는 건 정말 위대할지 모른다.

접근을 알아챈 서은하가 정이 듬뿍 담긴 시선을 마주쳐 왔다. 소리는 없지만, 그녀의 눈이 말하고 있었다.

'네, 은하 씨. 저도 보고 싶었습니다.'

눈으로는 이렇게 대답했으나 수많은 방송 관계자들이 돌아다니는 이곳에서 열애 사실을 밝힐 수는 없는 일. 그렇게 민호가 어느 정도 거리를 벌리고 멈춰 서 있는 동안, 황 FD가 서은하에게서 테니스 가방을 받아 들고 말했다.

"서은하 씨, 지방 촬영 고생 많으셨습니다."

"촬영감독님하고 음향감독님이 더 고생하셨죠. 장비 들고 저만큼이나 많이 뛰어다니셨는데. 어~ 민호 씨. 촬영 중이에요?"

서은하가 적절한 타이밍에 민호에게 시선을 돌려 말을 붙였다.

"셰프 복장이네. 8-2신?"

"아직 대기 중이에요."

민호는 배우 대기석 쪽에 비치된 의자를 가리켰다. 서은하가 스태프들에게 인사한 뒤 걸어오자 모여든 이들이 흩어지고 두 사람은 일상적인 대화를 나누는 모양새가 됐다.

서은하가 의자에 털썩 몸을 기대며 민호를 쓱 훑어보았다.

"어디 보자. 알랭답게 잘 차려입었네요. 멋쟁이네. 우리 민호 씨."

"은하 씨도 뭐, 은채답게……."

민호는 멀리서부터 감탄했던 미모를 바로 옆에서 재차 확인하며 만족스러운 웃음을 지었다.

"맞다. 얼핏 얘기 들어보니 지방촬영 힘들었던 것 같은데. 밤샜어요?"

"왜요? 혹시 얼굴에 티 나요?"

"아니요, 그런 건 아니고. 저랑은 이따 많이 볼 텐데, 지금은 은하 씨 피곤하니 최대한 휴식해야 하는 거 아닌가 싶기도 하고."

"다크서클 보이는 거죠?"

"그 정도야 밤을 샜으니 당연한……."

"치."

손으로 급히 얼굴을 가린 서은하가 "홍 작가님 말 들을걸. 거울 보고 왔어야 했어" 하고 들릴 듯 말듯 탄식했다. 민호는 '풋' 하는 웃음을 참지 못했다.

누가 이런 모습을 보고 빈틈이 없어 감히 다가가지 못할 여인이라 생각하겠는가.

서은하가 손가락 틈으로 민호를 흘겨봤다.

"웃지 마요. 전 심각하다고요."

"알았어요, 은하 씨. 그러니 잠깐만 조용히 있어 봐요."

민호는 바지 주머니에서 회중시계를 꺼내 열었다. 째깍거리는 소리와 함께 대략 6분 정도의 미래를 쭉 살펴보며 최적의 기회를 살펴보았다.

"갑자기 왜 그래요? 뭐 하는 건데요?"

손을 내린 서은하가 민호를 보고 의문이 가득한 눈빛으로 시선을 맞춰왔다.

회중시계만 쳐다보며 0.5초 단위로 최적의 시간을 찾던 민호는 마침내, 어떤 누구도 배우석에 신경 쓰지 않는 미래를 발견했다.

"5초."

"네?"

"4초. 3초. 2초. 1초."

쪽.

무슨 소릴 하는 건지 어리둥절해하고 있던 서은하는 갑작스러운 입맞춤에 눈이 급격히 커졌다.

"누가 보면……"

"안 봐요."

"사람이 이렇게 많은데 어떻게 안 봐요."

속삭이듯 조심스레 민호를 나무라며 그의 팔을 툭 치는 서은하. 확, 얼굴이 붉어진 그녀 때문에 민호도 오랜만에 풋풋한 설렘을 느꼈다. 너무 하고 싶었던 것을 해냈다는 뿌듯함에 마냥 즐거운 웃음도 나왔다.

"은하 씨. 그렇게 절 못 믿어요?"

"믿죠. 근데…….'

"그럼, 됐습니다. 그리고 은하 씨는 좀 덜 꾸미고 다닐 필요가 있어요. 저한테만 예쁘면 되는데 스태프들이 눈을 못 떼잖아. 뽀뽀할 틈이 딱 1초밖에 없네, 이거."

"민호 씨 지금 말투 되게 알랭 같아요."

"제가 알랭이고 알랭이 접니다."

"언제는 아니라면서."

"촬영을 앞두고 있다 보니 조금 몰입한 감은 있습니다. 하하."

주위를 둘러보던 서은하가 놀란 표정이 됐다.

"어어? 정말 알아챈 사람이 아무도 없어요."

"그렇다니까요."

매번 그렇듯 신기한 짓을 벌이고 나서는 언제 그랬냐는 듯 초롱초롱한 눈을 하고 있는 민호. 서은하는 픽 웃고 말았다.

"촬영 5분 전입니다!"

스태프의 외침에 민호는 '벌써?' 하고 혀를 찼다.

"참, 기말고사는 어떻게 됐어요?"

"그거요? 틈틈이 민호 씨랑 공부한 게 도움이 아주~"

"됐죠?"

"됐을까요?"

다크서클에 관한 놀림은 어느새 지나간 대화가 되어 버렸다. 쉴 새 없이 이야기꽃을 피우는 이 시간이 고작 몇 분 남지 않은 것에 두 사람 모두 아쉬울 뿐.

"이제 세트장 가야겠네요. 좀 있다 봐요, 은하 씨."

≪사계절의 행운 19화 8-2 '알랭과 거절 1'≫

촬영 개시 직전.

민호는 극중에서 서은하를 괴롭히는 역할이었던 정승미가 왜 큰 인기를 얻었는지를 곰곰이 생각 중이었다.

휴대폰으로 검색해 보니 실제로 기사 숫자와 댓글의 양이 꽤 많았다. 물론 자신은 훨씬 더 많았지만, 이건 주 시청층이 여성이라 어쩔 수 없는 거고. 소속사의 힘이라고 보기엔 AT나 KG나 규모는 비슷한 대형 기획사였다.

'은하 씨처럼 그냥 카메라를 비추는 것만으로 매력을 뽐내는 스타일은 아니잖아. 연기를 얼마나 잘하는 건지 드라마를 챙겨봤어야 알지.'

빡빡한 스케줄 때문에 애장품 활용을 위한 준비만도 벅찬 나날을 드라마 시청에 쏟을 수는 없는 법. 민호는 정승미의 선언이 못내 불안했지만, 반지에 깃든 여자에 대한 능숙한 대응에 기대볼 수밖에 없다고 정리했다.

그렇게 약간의 긴장과 함께 기다리던 상대 배우가 세트장에 모습을 드러냈다. 누군가와 함께 걸어오고 있기에 조연인가 하고 쳐다봤으나 8-2신에 출연하기엔 나이 대가 전혀 다른 오십 대의 남성이었다.

"……어라?"

상대를 살펴보던 민호의 눈이 반짝였다. 그가 어깨에 메고 있는 낡은 가죽 가방에 은은한 빛이 어려 있던 것이다.

"민호 씨, 핀 마이크 착용하고 갈게요. 옆 동에서도 촬영 중이라 잡음이 많이 껴서."

"아…… 네."

음향감독의 요구에 민호는 당장 움직일 수가 없었다. 애장품을 소유한 정체모를 남성은 세트장 입구에서 정승미와 작게 대화를 나누기 시작했다.

'미안하지만.'

점자시계를 터치해 둘의 대화에 귀를 기울였다.

-아까 입양아 시점에서 대사 치는 거 보셨죠? 그 1분 동안 어떻게 그렇게 감정 컨트롤을 잘하는지. 저는 그런 연기하려면 몰입할 준비를 한참 해야 한다고요.

-감성이 이성보다 더 큰 사람인 거지. 메소드 액팅에 최적화된.

-이번 신 자신 있었는데 그래서 걱정이에요. 교수님 말대

로 강민호 씨는 배역에 확 몰입하는 스타일 같아 보여요.

―깊게 몰입하는 것은 그만큼 단점이 있어. 모르긴 몰라도 강민호 저 친구 맡을 수 있는 배역이 한정적일걸? 메소드 액팅에 능한 배우와 정신분열증 환자는 종이 한 장의 차이가 있을 뿐이야. 스트레스가 엄청나지. 승미 너는 감성보다 이성에 따라서 연기하는 게 나아. 연기 오래할 거라면서?

민호는 대화를 통해 저 교수라는 사람이 연기와 관련된 분야의 전문가라는 사실을 확인하고 더욱 궁금증이 일었다.

'그런데 메소드 연기를 하면 좋다는 거야 안 좋다는 거야?'

직접 묻고 싶었으나 이 PD가 30초 남았다는 사인을 보냈기에 카메라 동선 안에서 꼼짝할 수가 없었다.

"출연자 모두 자리해 주세요!"

―아, 늦었다. 촬영 들어갈게요, 교수님.

―잘하고 와.

교수에게 인사한 정승미가 세트장으로 걸어왔다.

―네가 충분히 상황을 주도할 수 있어. 알랭은 널 거절하는 대사 외에는 수동적으로 대응할 수밖에 없다고.

주문처럼 대본 속의 상황을 중얼거리는 정승미의 목소리를 본의 아니게 엿들은 민호는 헛기침하며 시선을 회피했다.

'결론은 열심히 했다는 거였군.'

극 안에서 최대한 주목을 받는 것. 저 젊은 배우의 욕심은 예능에 출연해 한 컷이라도 더 나오려고 온갖 수를 찾아보았던 지난날의 자신과 다르지 않았다. 농촌에 간다고 농부라도 될 것처럼 진이 빠지게 자료를 들여다봤으니 말이다.

정승미처럼 연기에 열정을 불태워 주목받는 배우가 되고 싶은 건 아니었기에 민호는 왠지 마음이 조금 편안해졌다. 이 드라마로 얻어내는 인기야 지금도 충분하다.

"긴장하고 계셨나요, 알랭 셰프님?"

민호의 앞에 선 정승미는 아무렇지 않은 듯 빤히 올려다보기 기술을 펼쳤다. 남자 홀리는 연기라고 되뇌어 봐도 너무 감쪽같은 모습이었다.

"좀 했지. 생각해 봤는데, 내가 고백을 거절하는 거잖아. 그것도 단칼에. 난데없이 뺨을 맞아도 이상하지 않을 것 같더라고."

"오, 그것도 괜찮은 애드립이네요."

"정말 때리려고? 크흠, 승미야. 우리 NG는 내지 말자."

"셰프님이 맞고 울지만 않으면 될 거 같은데요?"

민호가 눈을 치켜뜨고 '울 정도로 때리려고?' 하며 놀라자 정승미는 '훗' 하고 웃을 뿐 뭘 어떻게 할지는 말해주지 않았다.

'때리면 저쪽이 위험할 텐데.'

반지의 성향상 자신의 몸에 위협을 가하면 반사적으로 제

압하려는 동작이 나올 수 있었다. 그리고 그건 손이 머리보다 빠른, 자신이 제어하기 힘든 성향이었다.

두 배우가 세트장에 자리하자 이 PD가 올라왔다.

"동선부터 맞춰 보겠습니다. 민호 씨, 승미 씨."

민호는 대본의 흐름을 따라 간략한 리허설을 시작했다.

요리 프로그램을 끝내고 돌아가던 알랭은 방송국 복도에서 정승미, 극중 이름 박보나와 마주친다. 알랭을 쫓아온 보나가 준비해 둔 고백을 위해 다가오고.

"자, 여기까지 끊고. 화면 구도 바꾸면 바로 이어서 대사 해주시면 됩니다."

이 PD가 모니터석으로 돌아가는 동안 민호는 스태프들 틈에 서 있는 교수를 가리켰다.

"아까 보니까 함께 온 분 있던 거 같은데. 매니저는 아닐 테고. 누구셔?"

"제 연기 스승님이죠. 아마 이름 들어보셨을걸요? 장두일 교수님."

"아아, 그분이셨구나."

물론 들어본 적은 없으나 애장품을 소유하고 있을 정도라면 당연히 유명할 것이란 생각에 고개부터 끄덕였다.

"나중에 인사 좀 드려도 되겠지?"

"그럼요. 교수님도 민호 오빠한테 관심 있으세요. 연기 잘

한다면서."

"정말?"

처음 뵙는 교수님께 흠모의 시선까지 보내는 민호의 반응에 정승미는 '장 교수님 팬이었나?' 하고 고개를 갸웃했다.

"촬영 들어갈게요! 알랭, 보나 제자리에!"

이 PD의 주문에 민호는 문 앞에 정승미는 복도 끝에 자리했다.

"레디~ 액션!"

엑스트라들이 스치고 지나가는 복도 위를 카메라가 훑었다. 그러다 그 중심부에 자리해 있는 정승미를 클로즈업.

민호는 그 타이밍에 이전 신 촬영을 했던 세트장 문을 열고 나서며 대사를 시작했다.

"출연하게 해주신 거 감사합니다. 재밌었어요, 작가님."

"부모님 찾길 빌게요. 그리고 방송 반응 좋으면 꼭 재섭외……"

"알랭—!"

문 안쪽에 서 있던 조연 배우의 대사가 끝나기 무섭게 정승미가 치고 들어왔다. 덕분에 민호는 연기를 의식해서가 아니라 자연스럽게 그녀 쪽으로 고개가 돌아갔다.

"전화 그렇게 해도 안 받더니 여기 있었네. 거기 딱 서 있어요, 딱."

정승미가 손가락을 뻗은 채로 민호에게 걸어왔다. 그 짧은 순간, 볼이 통통 부은 듯한 얼굴에서 뾰로통한 기색이 점차 옅어지며 코앞까지 왔을 때는 좋아하는 대상에 대한 미묘한 설렘이 담겨 있는 눈빛을 보냈다.

'어…… 잘하잖아?'

어떤 연기를 보일지 주의 깊게 살폈기에 더 확연히 할 수 있었다.

단 한 컷에서 저렇게 입체적인 표정 변화를 줄 수 있다는 것도 놀라웠지만, 그 때문에 이 장면의 몰입도를 책임지는 배우가 그녀가 됐다는 것은 조금 무섭기까지 했다.

아까 장 교수와의 대화로 미뤄보면, 저것이 다 계산한 것이기 때문이었다.

"알랭 셰프님. 제가 반했다고 했지 사귀자고 했어요? 그렇게 싫으면 싫다고 하든가."

민호는 속으로 한 짧은 감탄을 내려두고 다음 대사를 이었다.

"이봐, 박보나 양. 내가 프랑스에서만 살다 와서 잘은 모르지만, 한국에서는 간접적으로 돌려 말하는 게 예의 아닌가? 어떻게 나 좋다는 사람 얼굴에 대고 싫다 그러겠어."

"시, 싫어?"

입술을 움찔하며 분해하는 정승미.

"나 좋다고 줄 서는 남자가 얼만데. 얼굴도 이만하면 됐고, 돈도 많고. 대체 어디가 어떻게 마음에 안 드는데? 아니야, 아직 내가 싫다고 하진 않았어. 부끄러운 거지. 이만한 여자가 좋아해 주니까."

툴툴거리지만 그게 밉살스럽지 않게 중얼거리는 그녀의 대사는 악마보다는 '앙마'에 가까운, 대번에 눈길을 사로잡는 순진한 악녀 같은 캐릭터였다.

"박보나 양. 지금 뭐라고 하는 거야?"

"아, 몰라몰라. 그럼 여기서 확실히 말해요. 저랑 사귈 거예요?"

"대답해 줘?"

"잠깐!"

등을 휙 돌려 가슴을 쓸어내리는 모습. 안절부절못하다가 마음의 준비를 끝냈다는 얼굴이 된 정승미가 다시 등을 돌려 고개를 끄덕였다. 그리고 긴장한 듯 침을 꼴깍.

당연히 당당해야 할 분위기의 아가씨가 갑작스럽게 수줍은 면모를 보이자 그 허당 같은 모습이 귀여워 피식하지 않을 수가 없었다.

민호는 세트장을 주시하고 있는 남자 스태프 대부분 입가에 미소를 그리고 있는 것을 보고 김 코디의 반응을 이해할 수 있었다.

"컷! 여기까지!"

원거리에서 근접으로, 촬영 구도를 변경하기 위해 이 PD 가 일시적으로 손을 들었다.

"정승미 씨, 느낌 매우 괜찮습니다. 대본 분석 많이 했나 봐? 감정 그대로 유지해 주시고. 카메라 감독님. 준비 서둘러 주세요."

장비를 든 스태프들이 동선을 따라 재이동하고, 정승미의 주위로 AT엔터의 스타일리스트들이 달려들어 외모 체크를 시작했다.

잠깐의 대기 시간.

'있었구나. 매력을 마음대로 꾸밀 수 있는 여자가.'

박보나로 분한 정승미는 분명 호감이 가는 여인이었다.

틈새 화장을 하는 도중 정승미가 만족스러운 표정으로 민호를 바라보았다.

"오빠, 오늘은 생각보다 대본대로 하시네요. 지난번에는 훨씬 자유로운 느낌이었는데."

"그랬나?"

"조금 있다가 즉흥적으로 대사 해도 받아주실 거죠? 세팅하는 동안 미리 대사 리허설해 둘까요?"

이번 장면에서 우위를 점했다는 걸 알고 있는 듯한 의미심장한 미소를 띤 정승미.

'크……'

민호는 저 여자의 연기에 일순간이지만 눈을 떼지 못했다는 것에 왜인지 분한 느낌이 들었다.

'가만.'

생각해 보면 상대가 연기를 잘하는 것에 분할 것까지야 없었다. 이렇게 생각하던 민호는 중요한 사실 한 가지를 놓치고 있었음을 깨달았다.

'내가 정말 호감을 느꼈다고?'

연기대결 같은 건 그다지 중요한 문제가 아니라고 생각했다. 그러나 드라마 속의 알랭이라면 설정상 절대 흔들리지 않고 여주인공인 은채만을 바라봐야 했다. 자신은 그걸 지금 제대로 표현 못 해버린 상황이고.

'JB처럼 구는 것의 한계인 건가?'

자신은 지금 배우가 가져야 할 능숙함을 요원의 성향을 빌어 커버하고 있는 것뿐이었다. 감정의 흐름이 실제와 다름없는 상태. 억지로 끌리지 않은 척할 수야 있겠지만, 연기가 능숙하지 않으면 숙련된 배우를 상대로 티가 날 수밖에 없었다.

8-2신은 이미 시작됐고, 이대로 가면 정승미가 선언한 대로 그녀가 주연이 되어 빛나리란 것은 뻔했다.

'당장 방법이 없잖아.'

이미 컷이 난 장면을 다시 찍자고 부탁한다 해도, 흔들리지 않을 연기를 할 자신도 없었다.

난감해져서 고개를 돌리던 민호는 방금 촬영된 장면을 되돌려보고 있는 사람들 틈에서 장두일 교수를 발견했다.

"황 FD님. 세팅하는 데 얼마나 걸릴까요?"

"한 3분? 아니다, 넉넉잡아서 5분이요."

시도는 해봄직하다. 잠시였지만, 알랭이 매력적인 박보나에게 흔들린 듯한 인상을 풍기는 것은 막아야 하니까.

"공 매니저님?"

민호는 여기에 없는 공 매니저를 찾는 척하며 세트장 앞으로 걸어갔다.

"공 매니저님, 어디 계세요?"

그리고…….

"어이쿠."

바삐 움직이는 조명스태프에게 밀려 비틀거리는 척, 장두일 교수 앞으로 밀려나갔다.

"조심하게나."

점잖은 목소리의 장 교수가 민호의 팔을 붙잡았다.

"아, 감사합니다."

민호는 꾸벅 인사하고, 선해 보이는 인상임에도 눈빛만은 날카로운 그를 바라보았다.

"혹시 장두일 교수님 아니세요?"

"날 아는가?"

"승미에게 얘기 들었습니다. 연기 지도를 받고 있다고."

"음."

장 교수는 민호를 한차례 관찰하더니 툭, 한마디를 던졌다.

"자네, 일부러 어설픈 연극까지 하면서 말을 붙이는 이유가 뭔가?"

'헐.'

만만한 분이 아니라는 것을 직감한 민호는 차렷 자세로 돌변해 공손히 입을 열었다.

"여, 여쭤볼 게 있어 찾아뵀습니다."

"말해보게나."

의도를 단박에 꿰뚫렀다. 민호는 이런 전문가에겐 솔직한 것이 최우선이라는 생각에 일단 있는 그대로 말했다.

"제가 연기를 제대로 배워본 적이 없어서 말입니다. 분명 지금 상황에서 승미 씨를 냉정히 거절해야 하는데, 저렇게 매력적인 사람한테 모진 말을 할 수가 없는 기분? 교수님이 전문가신 것 같아 고견을 묻고 싶었습니다."

"내가 AT엔터 사장의 부탁으로 승미만을 위해서 연기지도를 하고 있다는 건 알고 묻는 건가?"

"아……. 그렇다면 실례했습니다. 만나 뵙게 돼서 영광이었습니다, 장 교수님."

라이벌 기획사에 고용된 사람에게 조언이라니. 은은한 빛을 내는 그의 가방을 어떻게 한번 만져볼까 하는 시도도 원천 차단되어 버렸다. 민호는 아쉬움을 안고서 등을 돌렸다.

"기다리게."

장 교수가 팔짱을 낀 채로 민호에게 물었다.

"연기에 정답은 없지만, 흘러가는 대로 놓아두는 게 옳다고 보네. 자네를 흔드는 게 승미, 정확히 말하면 보나의 목적이기도 하니까. 그런데 자네는 그걸 하고 싶지 않은가 봐."

"그건……."

"자네처럼 배역에 몰입하는 스타일이 그런 고민을 한다는 건 흥미롭군. 이미 알랭 그 자체가 되어 있던 것 아니었나?"

정확해도 너무 정확한 지적에 민호는 되려 경건한 마음마저 품게 됐다.

"저, 교수님. 궁금한 게 하나 더 있습니다만."

장 교수는 물어보라는 듯 고개를 끄덕였다.

"배역에 푹 빠져드는 것은 안 좋은 겁니까?"

아까 대화를 엿듣다가 스트레스니 정신분열증 환자와 종이 한 장 차이니 하는 부정적인 말을 들었었다. 이건 비단 연기쁨만 아니라, 애장품을 만질 때마다 매번 경험하는 것이기에 정말 궁금한 문제였다.

"배우에 따라 다를 테지. 나는 장단점이 있다고 보네. 다만, 배우가 배역에 잡아먹히는 일만은……."

대화하는 와중에 준비가 늦어지는 것에 언성을 높인 이 PD 때문에 음향스태프 하나가 핸드마이크를 들고 쏜살같이 달려오는 것이 민호의 눈에 들어왔다.

"조심하십시오. 뒤에."

장 교수가 고개를 돌렸다가 '이크' 하며 앞으로 몸을 피했다. 어깨에 메고 있던 가방이 흔들 하며 민호 쪽으로 움직였다. 의도한 것은 아니나 장 교수를 부축하다 그 가방에 가볍게 손을 댔다.

은은한 빛이 흡수되듯 사라지고, 애장품의 추억이 민호의 눈에 들어왔다.

연극무대 위, 젊어 보이는 장 교수가 대사를 읊는 중이었다.

―죽느냐 사느냐 이것이 문제로다.

민호도 언젠가 들어본 적 있는 '햄릿'의 대사 같았다.

―가혹한 운명의 화살을 받아도 참고 견딜 것인가? 아니면 밀려드는 재앙을 힘으로 막아, 싸워 없앨 것인가?

무대 위에서 홀로 대사를 던지고 있는 장 교수의 모습은 무척 고독해 보였다. 그런데도 엄청난 에너지를 뿜어내는 목소리에 격한 감정이 고스란히 느껴졌다.

대사와 상관없이 표정과 분위기만으로 내용을 알아차릴 수 있을 것만 같은 확신이 들 만큼.

─죽는다? 그건 잠이 드는 거겠지.

민호는 연기를 지켜볼수록 등줄기를 타고 내려오는 떨림이 심해지는 것이 바로 전율이 이는 것이라고 추측했다. 내용조차 제대로 모르는 연극이었다. 단지 일부분을 구경할 뿐인데 압도되어 버리다니. 무대 아래 있는 관객들의 표정도 지금 자신이 짓고 있는 표정과 똑같았다.

'대박.'

장두일은 교수이기 이전에 소름 끼치게 훌륭한 연극배우였다.

"이보게. 왜 그러나?"

흔들흔들, 민호의 어깨에 닿아 있는 장 교수의 손길.

"으앗, 죄송합니다."

추억 속에서 깨어난 민호는 즉시 물러서며 사과했다. 보통은 애장품의 추억을 구경할 때 이 정도까지 멍을 때리진 않는다. 그러나 연극에 홀려 넋을 놓아 버렸다.

장 교수는 괜찮다고 손을 흔들며 말했다.

"아까 했던 말을 잇자면, 배우가 배역에 잡아먹히는 건 자네처럼 연기하는 이들의 오랜 문제점이지. 예를 들어, 광기에 사로잡힌 인물을 연기한다고 하면 실제로도 미친 행동을 하게 되거든."

"미쳐요?"

"때문에 균형을 찾는 게 중요하네. 사고방식까지 배역에 물들어 버리지 않도록."

"아아."

얘기를 듣고 보니 결론적으로 미친 사람의 애장품만 건드리지 않으면 되지 않을까 싶었다.

'암튼 대단한 연기력이었어.'

정승미가 연기로 자신을 놀라게 했다면, 추억 속 장 교수는 자신을 경악하게 만들었다. 눈앞에 있는 저 나이든 남성이 무대 위의 햄릿이었다고는 도무지 믿어지지가 않을 정도로 말이다. 이렇게까지 과거의 모습과 매칭이 안 되는 분은 또 없었다.

"조언 정말 감사합니다, 교수님."

정중하게 허리를 숙여 인사하는 민호를 장 교수는 흥미롭다는 눈으로 쳐다보았다.

"내가 잘못 느낀 게 아니라면, 자넨 자네만의 확실한 연기관이 있어 보여."

"그게 말이죠, 연기관이라고 하기보다는……."

거짓 연기는 탄로 날 것이 뻔했기에 민호는 에둘러서 진실을 말했다.

"그냥 저는 다른 사람의 경험을 이해하고 공감하는 과정 자체가 좋아요."

"특이하군."

민호는 카메라 세팅이 거의 끝나가는 것을 확인하고 기왕 가방을 만져 본 거, 한 번 더 시도해 보기로 했다.

"교수님, 그 가방 혹시 연극할 때 쓰셨던 건가요?"

"어떻게 알았나? 보통은 그냥 서류가방이라 생각하는데."

만져보고 경험해 보니 알 수 있었다. 가방뿐만 아니라 저 안의 물건들 모두가 어우러져 장두일의 애장품 세계를 이루고 있다는 사실을.

"요즘 모델도 아닌데 되게 분위기 있어 보여서요."

"'세일즈맨의 죽음'이라는 연극에서 사용했던 거지."

"역시 사연 있는 소품이었군요. 다른 소품도 있으신가요?"

"수업하기 전에 꼭 챙기는 것들이야. 한번 보겠나?"

장 교수가 자연스레 가방을 열어 보였다.

"어? 이거 햄릿에서 사용하는 소품 맞죠?"

민호는 소품 중에 가면을 가리켰다. '그걸 어떻게?' 하는 장 교수의 눈길에 민호는 추억 속에서 목격했다고 밝히는 대신 준비한 말을 꺼냈다.

"햄릿 연극을 감명 깊게 본 적이 있거든요. 그때도 이런 가면을 봤어요."

한평생 본 연극이 하나뿐이니 당연히 민호의 표정에는 일체 머뭇거리는 기색이 없었다.

"햄릿이라. 그 고리타분한 걸 즐기다니 자네 취향도 꽤 고루하군."

"이해가 잘 안 가도 재밌던데요?"

민호는 애장품을 만졌을 때 경험했던 연극에 대한 장두일의 평을 그대로 읊기 시작했다.

"냉소적이다가도 열정적이고, 분노하다가도 공포를 느끼는 듯한 아주 디테일한 심리표현이 끝내주더라고요."

"그거 잘 살린 햄릿 보기 힘든데, 누구 걸 봤는지 모르겠어."

"저도 갑자기 봐서 배우 이름은 기억이 잘 안 납니다."

'교수님 거요.'

민호는 끝으로 슬쩍 운을 뗐다.

"저, 교수님. 이 작은 소품 하나만 잠시 빌릴 수 있을까요? 부적 삼아서……."

≪사계절의 행운 19화 8-2 '알랭과 거절 2'≫

장 교수가 '오델로'라는 연극에서 사용했던 소품인 손수건을 빌려주었다. 민호는 가슴속에 고이 담아둔 채로 세트장에 돌아왔다.

정승미가 웃음과 함께 물어왔다.

"교수님과 무척 재밌게 얘기 나누시던데요?"

"약간 통하는 게 있어서. 교수님 엄청난 분이시던데? 연기 내공이 장난 아닌 것 같았어."

"예대에서 유명하세요. 이번에 제가 들어간 과에 직속 교수님이기도 하고요."

"그랬구나."

AT엔터의 사장에게 부탁은 받았다지만 뭔가 돈 때문에 정승미를 챙겨주고 있다는 느낌은 없었는데 애제자인 거였다.

"슛 들어갑니다! 알랭, 보나. 자리 잡아 주세요."

이 PD의 목소리가 들려왔다. 정승미가 민호를 보며 자신감 넘치는 미소와 함께 찡긋 윙크했다.

"가 볼까요?"

민호는 묵묵히 고개를 끄덕이고 대본을 떠올렸다. 장 교수의 애장품 일부분을 지니고 있기에 알랭이 대사를 치고 빠져야 할 부분이 선명하게 해석되어 그려지기 시작했다.

'빙고!'

적어도 연기를 하는 도중만큼은 정승미에게 아무런 매력도 느끼지 않을 수 있다는 자신감이 부쩍 상승했다.

"레디, 액션!"

신호와 함께 정승미가 장면 전환 이후의 대사를 시작했다.

"후~ 이제 말해봐요."

'미, 미라클!'

민호는 정승미의 대사를 듣자마자 머릿속으로 저절로 분석되는 독특한 사태에 황홀할 지경이 됐다.

「알랭을 보며 가쁜 숨을 몰아쉬다 나직이 한숨.」

'후~'

「침착한 척하지만, 지진이 난 듯 흔들리는 동공.」

'이제 말해봐요.'

「차츰 낙담에 빠져든다.」

상대 배우의 연기에 담긴 화술과 발성, 동작 하나하나가 마치 상세한 지문처럼 분석되어 머릿속에 새겨지고 있었다.

'이게 연기 대가의 시선이구나.'

자신이 감성적인 연기파라면, 정승미는 이성적인 연기파. 장 교수는 그 두 개의 장점을 고루 알고 있는 연기의 마스터였다. 아까까지는 대단해 보이던 정승미의 매력이 이젠 그저 연기로 보이다니, 경이로울 지경이었다.

"보나 양. 감정이라는 건 말이야, 강요한다고 이해가 되는 게 아니야. 미안하지만……"

"어째서요?"

거절의 대사를 완성하기 직전, 대본과 다르게 정승미가 말을 냉큼 잘랐다.

"저 경쟁력 없어요? 혹시 몸매? 사람은 스물다섯까지 성장한다고요. 지금 이래 보여도~!"

정승미는 그녀의 가슴 쪽을 흘끔 본 뒤에 얼굴을 살짝 붉히며 말했다.

"의, 의학의 힘을 빌리면 충분히 셰프님이 만족할 수 있을 거예요!"

이 대사에 스태프 몇몇이 '쿡' 하는 웃음에 지으며 입을 막았다. 이미 정승미가 대본과는 다른 대사를 시도했기에 여기서부터는 즉흥연기의 영역이었다.

'부탁합니다. 장 교수님!'

연기의 대가가 가진 분석력을 통해 본래 대본 속 대사가 재조립되어 더 상황에 맞는 몸짓과 음성으로 변해 떠올랐다. 자신은 그것에 맞게 알랭이 되어 움직이면 그뿐.

민호는 곧바로 정승미에게 바짝 다가섰다. 그리고 정승미의 눈에 바짝 얼굴을 가져갔다.

"나올 때 나오고 들어갈 때 들어갔다고……."

살짝 아래를 내려다봤다가 다시 상대를 보며 말했다.

"그게 모든 남자한테 경쟁력이 있는 건 아니야. 특히 나한테는 말이야."

"뭐라고요?"

울먹이기 직전인 보나와 나쁜 남자의 모습을 한 알랭의 얼굴이 각자 세팅된 카메라에 찍혀 모니터 속에 교차되어 담겼다.

민호는 반지의 성향을 빌리고 있음에도 제대로 된 연기를 하고 있다는 느낌이 들어 내심 놀랐다. 그 사이 정승미가 자신의 대사에 대한 반응을 고민 중이라는 것도 확인할 수 있었다.

「분한 듯 주먹을 움켜쥠, 허탈함을 숨기며.」

"됐어! 나도 더는 안 매달려."

「말은 내뱉었으나 눈앞에서 싱글거리는 알랭의 얼굴이 잘생겨 보인다.」

"그래서요? 저랑 사귈 거예요, 안 사귈 거예요?"

「자신이 어처구니없다는 것을 알고 있으나 그래도 뻔뻔하게 올려다본다.」

연기 중이라는 사실을 객관적인 눈으로 보고 있음에도 매력이 철철 넘치는 상대였다. 진심과 연기의 차이를 확실히 체감하게 해주는 대가의 시선으로도 구분이 모호할 정도였다.

"우리 지금까지 무슨 얘기한 거니? 미안하지만……"

민호는 아까 잘라먹힌 대사로 다시 돌아갔다. 그리고 정승미의 이마를 손끝으로 가볍게 튕기며 말했다.

"난 임자 있는 몸이야. 한국에서는 이런 걸 도장 찍혔다고 한다지?"

'이쯤에서 뺨이라도 때려야…….'

예상은 그랬다. 그러나 정승미의 표정과 그녀가 바로 이어 갈 대사를 유추하고는 움찔하지 않을 수 없었다.

「뚜껑 열림.」

"도~자앙?"

「기습적으로 뺨에 뽀뽀한다.」

"나도 도장 한번 찍어 줘?"

즉흥연기로 진행해 온 흐름상 뺨에 뽀뽀를 하고 '난 포기 안 한다!'라는 톤의 대사를 하는 건 박보나의 매력과 매우 어울렸다. 그러나 그건 여배우의 얼굴만 클로즈업 되는 마무리. 장면이야 살겠지만, 이래서는 대가의 애장품을 빌린 보람이 없다.

정승미에게만 집중되는 게 아니라 원래 대본이 노리고 있던 감성을 유지하는 방법. 두 사람 다 통통 뛸 수 있는 조화가 필요한 시점이었다.

'이렇게?'

민호는 순간적으로 입술을 내미는 정승미의 얼굴에 반사적으로 손을 올렸다.

덥썩.

정승미의 턱을 붙잡아 뺨의 살이 꾹 눌려 입술이 삐죽 나온 돌발상황. 여기에는 반지의 민첩한 반사신경이 한몫했다.

"뭐야 너? 뭘 하려는 거야? 변태냐?"

"벼, 변태 아니거등여?"

펭귄처럼 나온 입술로 대사까지 치는 정승미의 대응에 스태프 대부분 NG가 날까 봐 이를 앙다물고 웃음을 참는 것이 느껴졌다.

"박보나 양. 우리 상식적으로 따져보자."

"상식? 그딴 게 있으면 제가 셰프님 이렇게 죽도록 따라다녔겠어요?"

"허, 상식도 없고 가슴도 없으시다?"

"여기서 그 얘기가 왜 나와요? 그리고 없긴 뭐가 없어? 만져 볼래요?"

"아, 아니 그건……."

그렇게 경쾌하게 투닥거리길 20여 초. 컷 소리가 날 때까지 결코 끝나지 않을 두 사람의 대사에 모니터 속에 푹 빠져 있던 이 PD가 벌떡 일어섰다.

"컷컷!"

민호는 촬영이 멈추자마자 정승미의 뺨을 붙잡은 것부터 사과했다. 화면에 예쁘게만 나와야 할 여배우를 그 틈에는 차마 존중하지 못했다.

"미안. 뺨 맞을까 봐 멋대로 손이 움직였어."

"아니요. 저도 단순히 엉엉 우는 흐름보다는 이편이 나아 보여요. PD님은 어떻게 생각하실지 모르지만."

한달음에 다가온 이 PD는 정승미와의 즉흥연기를 칭찬하기 바빴다.

"두 사람 호흡 엄청 좋습니다. 대본을 얼마나 파고들었길래 폭풍 애드립에 손발이 척척 맞는지. 탐나네, 다음 드라마 주연으로."

은근슬쩍 캐스팅을 시도하는 이 PD의 말에 민호는 스케줄이 안 된다며 고개를 저었고, 정승미는 매니저와 얘기부터 해야 한다고 거절했다.

"8-2신은 이 정도면 될 것 같습니다. FD! 8-3신 준비하라고 출연 배우들에게 공지해!"

그렇게 오늘 찍어야 할 알랭의 첫 촬영이 끝났다.

"민호 오빠."

세트장을 나서는 민호의 앞을 정승미가 가로막았다.

"초반에 잠잠히 있더니 아주 무시무시하던걸요?"

"내가?"

"또 발뺌하네. 자신 있었는데 결과적으론 비겨 버렸어요. 에잇, 진짜. 교수님이랑 무지 준비했는데."

"나보다 잘한 거 같아, 너."

"입에 발린 소린 사양이라고요."

"무슨. 내 코디가 네 왕팬이야. 은하 씨 팬이었다가 나도 몰래 갈아타 버렸어. 저기 오네. 시완아!"

민호의 부름에 달려오던 김 코디는 근처의 정승미를 발견하고 얼어붙은 표정이 됐다.

"얌마, 뭐 그리 쑥스러워해."

정승미는 방긋 미소를 지으며 김 코디에게 눈인사했다.

"안녕하세요, 시완 씨."

"여, 영광입니다!"

아직 장 교수의 애장품을 돌려주지 않았기에 「팬을 상대하기 위한 적정한 선의 웃음」이라는 정승미의 연기를 지문 형식으로 확인한 민호는 속으로 쓴웃음을 지을 수밖에 없었다.

진심과 연기. 감성과 이성.

대가의 눈을 경험하고 있는 지금도 알쏭달쏭한 부분이었다.

71.
진심과 연기(3)

점심시간.

민호는 방송국 식당에서 홀로 밥을 먹고 있었다.

서은하와 단둘이 다음 촬영까지 느긋하게 식사를 즐길 수 있으리라 예상했건만, 웬걸. 자신이야 촬영 대기시간에 휴식을 취할 수 있었지만, 그녀는 틈틈이 할 일이 참 많았다.

드라마국 국장의 촬영장 응원 방문에 화답하고, 연예가 프로에서 나온 리포터의 인터뷰에 응하고, 그 와중에 의상과 화장은 계속 새롭게. 숨 돌릴 시간조차 부족해 보였다. 거기에 자신과 놀아달라고 시간을 빼앗는 건 죄악이나 다름없었다.

'드라마 주연은 힘든 거구나.'

허전한 옆구리를 달래기 위해 뜨끈한 북엇국을 삼키는데 앞자리에 식판을 올려놓는 사람이 있었다.

"반가워요, 민호 씨."

서른 초반의 얼굴에 매너가 가득해 보이는 남성이 시선을 던졌다. 민호는 기억을 더듬다가 상대가 '사계절의 행운' 주연 중 하나인 지진호라는 것 떠올렸다.

"오랜만에 뵙습니다."

"무슨 프로였나? 드라마 홍보차 나갔던 방송에서 보고 간 만이죠?"

데뷔가 오래된 베테랑 배우였기에 민호의 대답은 조심스러웠다.

"요리해서 친구 대접하던 예능 말씀하시는 겁니까?"

"맞아요, 그거. 민호 씨 볶음밥 되게 맛있었어요."

지진호는 웃으며 국을 한 숟가락 떠먹다가 약간 슬픈 눈빛으로 말했다.

"그때 알았어야 했는데. 어쩐지 드라마가 10회가 넘어가는데 러브라인이 안 밝혀지더라. 홍 작가님이 계산 없이 그러실 분이 아니지. 그러다 민호 씨 투입하고 간 좀 보더니 바로 확정. 시청률 빵!"

탕.

지진호의 옆으로 다른 식판 하나가 올라왔다. 민호는 상대를 보고 신음을 삼켰다. 안이현. 지진호와 마찬가지로 드라마 남자 주연이었다.

안이현이 민호를 날이 선 시선으로 지켜보다가 고개를 돌렸다.

"맛있게 드세요, 민호 씨."

"이, 이현 씨도요."

민호는 음식을 씹어 삼키다 갑자기 목이 메어왔다. 이건, 드라마 상이긴 해도 여자친구를 빼앗긴 두 사람이 자신을 매우 견제하고 있는 듯한 상황이다.

'어색해, 어색해.'

이러다 체하는 거 아닌지 불안해져 최대한 꼭꼭 음식을 씹고 있을 무렵, 인터뷰를 마친 서은하가 식당에 들어섰다.

민호는 '여기에요!'라고 소리치려다 두 사람의 눈치를 보고 꾹 참았다. 다행히 홍 작가가 서은하와 함께 있었기에 외롭게 식사하지는 않으리라.

"어머, 내가 좋아하는 분들 여기 다 모여 있었네~"

그러나 식판을 든 홍 작가가 먼저 찾아옴으로써 어색한 분위기는 절정으로 치달았다. 음식을 받아온 서은하까지 착석하자 한 테이블에 다 같이 둘러앉게 되어 버렸다. 지진호와 안이현이 별말 하지 않았기에 점점 썰렁해지는 기분.

'얼른 먹고, 튀자.'

밥이 입으로 들어가는지 코로 들어가는지 모를 정도로 열심히 먹은 뒤 일어서려던 때, 지진호가 어딘지 짓궂은 표정으로 민호를 보았다. 식판에 손을 대고 냅다 일어나려던 민호는 움찔할 수밖에 없었다.

"커, 커피?"

"좋죠. 다들 밥 먹고 후식으로 괜찮나요?"

지진호의 물음에 모두 고개를 끄덕였다.

'끄응.'

민호는 식당 구석에 있는 자판기로 가 캔커피를 인원수만큼 뽑아 다시 돌아왔다.

'얼른 마시고……..'

캔커피를 따 한 모금 넘기는데, 지진호가 말했다.

"홍 작가님. 오늘 민호 씨랑 서은하 씨 키스신 있다면서요?"

"대본에는 안 써놨는데 어떻게 알았어? 지 배우 날카로워."

푸흡.

민호는 사레가 들려 캑캑거렸다. 지진호가 껄껄 웃으며 말을 이었다.

"마지막 화에 당연히 그 정도 들어가 주는 게 시청자들에 대한 예의 아니겠습니까? 제 여친도 알랭 언제 나오는지 보려고 이 드라마 본답니다. 섭섭하게."

아무 대답도 못 하고, 목을 주무르며 괜한 눈치만 보고 있는 민호에게 가장 늦게 밥을 먹고 있던 서은하가 물컵을 내밀었다.

"고마워요, 은하 씨."

"뭘요."

서은하는 정이 담긴 눈빛으로 민호를 지그시 본 뒤에 지진호에게 시선을 돌렸다.

"진호 선배님. 순진한 민호 씨 자꾸 곤란하게 하실 거예요?"

"순진? 알랭 연기하는 거 보면 완전 선수던데?"

"민호 씨 연기하는 거랑 실제 성격 많이 달라요."

"전문 배우도 아닌데 그런 연기 톤으로 변신할 수 있다고?"

믿기지 않는다는 지진호의 옆으로 식판 하나가 더 내려앉았다.

"그건 제가 보증하죠, 선배님. 강민호 씨 연기 천재예요. 장 교수님도 인정하셨어요."

정승미였다.

"장두일 선배님이? 와우, 서프라이즈."

탁.

밥을 다 먹은 안이현은 민호를 다시 한 번 날이 선 시선을 보내더니 말했다.

"저 먼저 일어납니다. 민호 씨, 커피는 잘 마실게."

안이현이 휙 가버리자 기껏 훈훈해진 분위기가 냉각됐다.

그것을 느낀 지진호가 손을 들어 다들 진정하라는 몸짓을 해 보였다.

"이해해 줘요. 이현이가 어제부터 감정 격한 신이 많아서 저기압이야."

"에구구, 제 탓입니다. 여러분."

홍 작가가 고개를 꾸벅 숙여 사과했다. 지진호는 고개를 흔들었다.

"이현이 캐릭터가 약해서 살려주시려고 그런 거 다 압니다. 이현이도 자기 벽 좀 깨보려고 무던히 노력 중이니 홍작가님은 사과보다는 다음 작 같이하면 러브라인만 제대로 붙여 주십시오."

"이현 오빠 좀 안쓰럽긴 해요. 민호 오빠처럼 별 부담 없는 것처럼 연기해도 모자란데, 너무 푹 빠지는 경향이 있어요. 저거야말로 인물 몰입형 연기의 폐해지."

"승미야, 민호 씨가 이현 선배님 연기 스타일이야?"

"언니는 친하면서 그것도 몰라요?"

"나도 연기 잘하는 게 아니잖아."

배우들만 나눌 수 있는 대화. 민호는 이 틈에 아무렇지 않게 끼어 있다는 것이 뭔가 찔리면서도 신기하다고 생각되어 잠자코 듣기만 했다.

캔커피 한 잔을 천천히 비우는 동안, 뒤늦게 온 정승미까지 식사를 끝마쳤다. 이제 일어날 시간이다 싶었는데, 정승미가 민호를 보며 물었다.

"오빠."

"응?"

"애인 있어요?"

커헉.

또 사레가 들릴 거 같은 질문. 민호는 최대한 표정 변화 없이 대답했다.

"비밀."

"에이, 지금은 알랭도 아닌데 말해 줘요."

아니, 애인이 바로 옆에 있는데 그걸 아니라고 하면 옆에서 듣는 애인이 서운할 거고. 그렇다고 밝혀 버리면 폭탄선언으로 연예계 활동에 소용돌이가 휘몰아칠 것을.

복잡하게 돌아가는 민호의 머릿속을 다행히도 깔끔히 정리해 주는 한마디가 있었다.

"승미야. 내가 아는데, 아직 없어."

"어마, 은하 언니 그런 것도 얘기할 정도로 친해요?"

"그럼. 우리 알랭인데."

"아, 눈꼴셔. 드라마 끝나기만 해봐. 막 들이댈 테니까. 지금이야 언니 감정선 상할까 봐 참는 거예요."

"보나는 너무 밉상인데 승미는 착하네. 어유, 고마워라."

둘의 대화에 먼저 일어선 지진호가 고개를 휘저었다.

"에잉. 이거 나이 든 남자는 서러워서 원. 난 내 애인이랑 통화나 해야겠다."

지진호가 저만치 걸어가 버리고, 홍 작가가 민호의 어깨를 툭 치며 한쪽으로 불러냈다.

"아까 민호 씨한테 그걸 안 물어봤더라고. 종방연 올 거지?"

"종방연이요?"

"목요일 밤에 마지막 회 같이 보면서 전부 모여서 파티할 거거든."

"그날 스케줄이 있어서 잘 모르겠어요."

"인기인이라 바쁘네. 그럼 단체 휴가도 같이 못 가겠네?"

"단체 휴가요?"

"멀리는 못 가고, 제주도에 2박 3일로. 출연자 스태프들 모두 다."

"언젠데요?"

홍 작가가 민호의 귀에 대고 아무도 들리지 않게 속삭였다.

"금요일 오전에 출발이야. 모르긴 몰라도, 은하 씨랑 단둘이 있을 기회 많을걸? 제주도에 중국 부호들이 많이 방문하는 추세라 전망 끝내주는 비밀스런 스위트룸도 많다고."

민호는 식판을 정리 중인 서은하에게 시선이 머물렀다.

'단둘이. 그것도 밤을 함께?'

회사에서 금요일 스케줄은 아직 통보받은 것이 없었다. 주간의 다른 스케줄이 어긋나지만 않는다면 2박 3일은 몰라도 1박 2일 정도는 참여할 수 있을지 모른다.

"갑니다. 반드시 갑니다."

"호호, 그럴 줄 알았어."

민호의 눈은 그 어느 때보다 이글이글 불타올랐다.

'절대로!'

"11-3신 촬영 들어갑니다! 출연 배우 모두 3번 세트장으로 이동해 주세요!"

복도 밖에서 FD의 음성이 들려왔다.

배우 대기실 안. 턱을 괸 채 꾸벅꾸벅, 고개를 가누지 못하고 있었던 민호는 게슴츠레 눈을 떴다.

온종일 촬영과 기다림을 반복하며 아침에 목격했던 스태프들의 열기에 어느 정도 동참하고 난 지금, 오늘의 라스트가 될 신을 앞두고 몸은 급격히 녹초가 되어 버렸다.

'으, 피곤해.'

크게 하품하고 소파에서 일어나 허리와 팔을 쭉 뻗어 몸을 풀었다. 의상은 장면에 맞춰 이미 정장으로 갈아입고 있었기에 거울을 보며 머리 눌린 곳만 확인했다.

"준비는 대충 됐고."

민호는 이번 신의 중요성을 떠올리고는 구석의 의자에 웅크리고 앉아 꿈나라를 여행 중인 김 코디에게 다가갔다.

"시완아."

"……음, 으응? 민호 형, 촬영 들어가세요?"

"아냐 아냐, 일어날 것까진 없어. 가글 어딨어?"

김 코디가 부스스한 얼굴로 의류 케이스 옆에 놓여 있는 작은 바구니를 가리켰다.

세면도구들 틈에서 가글을 챙긴 민호는 문을 열고 밖으로 나왔다. 화장실부터 들러 입속을 청량하게 만든 뒤에 최종적으로 외모를 한 번 더 체크해 보았다.

"오케이. 잘해보자고."

다른 신보다 이것을 꼼꼼하게 준비하는 이유는 하나였다. 이번 촬영에 아주아주 중요한 부분 하나가 덧붙여졌기 때문.

거울을 향해 입술을 한번 내미는 시늉을 해본 민호는 긴장감을 해소하기 위해 긴 숨을 들이켜고 가슴을 쓸어내렸다.

'아무리 촬영에 익숙해졌어도, 키스신은 도무지 적응이 안 된단 말이지.'

≪사계절의 행운 최종화 11-3 '15분 전의 행복'≫

민호는 호텔 로비로 꾸며진 세트장 안에서 권우철 PD와 리허설을 진행 중이었다.

"여기서 알랭이 은채 손을 확 잡아채서 레스토랑 방향으로 이동하는 겁니다. 민호 씨는 저 왼편으로 은하 씨 얼굴이랑 나란히 보일 수 있게 달려주세요."

최종화의 알짜배기 장면이라며 메인 PD가 주관해 시작된 이 신의 촬영에는 '사계절의 행운' 정예스태프 모두가 달라붙어 있는 상황이었다.

권 PD가 손가락으로 네모를 만들어 세트장을 한 차례 훑더니 카메라 감독에게 말했다.

"여기서부터는 롱테이크로 가봅시다."

"권 PD. 다들 피곤해하는데 끊어서 가는 게 안전하지 않아? NG 나면 시간 손해가 커."

"유 감독님. 서은하 씨랑 강민호 씨 호흡 잘 아시잖아요. 이리 고생하는데 시청률 30은 찍고 유종의 미를 거둬야지요."

"끝까지 욕심이네. 좋아. 나도 카메라 들고 뛰지 뭐."

이미 밤 11시를 훌쩍 넘긴 시간임에도 불구하고 공을 들여 때깔 좋은 장면을 뽑아내겠다는 권 PD의 의지에 민호는 정신 바짝 차려야겠다는 생각이 들었다.

'NG를 냈다가는 스태프 전부 쓰러질지 몰라.'

바로 옆에 서 있는 서은하의 입술에 눈길이 머문 민호는 그도 모르게 오전에 딱 1초에 불과했지만, 행복했던 그때를 떠올렸다.

'마구 NG를 내고 싶기도 하다만……'

그러다 서은하와 시선이 마주쳤다. '왜요?' 하는 그녀의 부드러운 눈길에 민호는 아무것도 아니라며 고개를 좌우로 흔들었다.

특별출장을 나온 제이 킴 실장의 손길이 닿아 있는 서은하의 현재 모습은 솔직히 감탄밖에 나오질 않았다.

물결처럼 잔잔히 말려 있는 머리의 웨이브는 순백의 목선과 절묘하게 어우러져 민호의 마음을 들었다 났다 했고, 원래도 꿀 같았던 피부는 전문가의 화장으로 더욱 강조되어 애장품처럼 은은한 광택까지 내비치고 있었다.

차라리 눈을 감자.

민호는 저 아리따움에 휘둘려 정신 못 차리느니 그냥 외면하는 게 낫겠다는 생각에 반대편으로 고개를 돌렸다.

"촬영 들어가겠습니다, 배우들 자리에 위치해 주세요."

의논을 끝낸 권 PD의 음성에 슬레이트가 카메라 앞에 자리했다.

[12/01 PM 11:03 TAKE 11-3]

테니스 마스터스 컵을 끝마치고 기자회견을 준비 중인 스포츠 스타 정은채. 몰래 호텔을 방문에 그녀와 데이트를 즐기려던 알랭은 방해꾼들의 출몰로 위기를 맞고, 그들을 피해 호텔 곳곳을 누비며 둘만의 오붓한 한때를 즐긴다.

'극에서도 당분간 비밀 연애라니. 홍 작가님 이거 현실과 너무 비슷한 거 아닙니까?'

민호는 암기 중인 대본의 줄거리를 떠올리며 권 PD의 신호를 기다렸다.

"레디, 액션!"

호텔 입구, 서은하가 타국의 테니스 선수들과 함께 등장했다.

"주니어 시합에서 지고 엉엉 울던 꼬마가 이젠 한국의 국민 여동생이 됐어."

민호의 독백 같은 대사가 끝나고, 그를 클로즈업했던 카메라가 선수들 틈에서 유독 돋보이는 서은하에게로 넘어갔다. 그녀가 밝게 웃으며 동료들과 대화를 나누는 동안 민호는 슬쩍 로비의 기둥을 돌아들어 갔다.

근접해 있던 카메라가 발 빠르게 민호를 쫓아 움직였다.

테니스 선수들 틈으로 불쑥 다가선 민호가 서은하의 어깨에 손을 올렸다.

"이봐요, 정은채 씨."

"어?"

서은하가 '알랭이 여긴 어떻게?' 하는 어리둥절한 표정으로 고개를 돌렸다.

"양심이 좀 있어야 하는 거 아니야? 음식을 먹고 외상을 했으면 하루빨리 지불해야지, 해외로 도망쳐?"

"외, 외상이라니요?"

민호는 복화술을 하듯 입술만 달싹거리며 말했다.

"장단 좀 맞춰. 보는 눈 많잖아."

"네?"

이 소리에 서은하는 동료들을 보며 어색한 미소를 지었다가 가까스로 알랭의 요구에 화답하는 연기를 선보였다.

"파리에서 급하게 대회를 참가하느라. 어, 얼마였죠?"

서은하가 기어들어가는 목소리로 "카드도 돼요?"라고 중얼거렸다.

"잠깐. 이자까지 있다고."

민호가 주머니에서 뭔가를 꺼내는 시늉을 하는 동안, 서은하는 동료들에게 불어로 『먼저 가, 미안』이라는 대사를 끝냈다. 황당한 둘의 행동에 키득키득 웃던 동료들이 사라지고, 서은하가 민호를 물끄러미 올려다보았다.

"깜짝 놀랐잖아요, 알랭. 귀국해서 만나기로 했으면서."

"나도 놀라는 중이야. 은채 네 목소리를 듣자마자 보고 싶어 미칠 것 같아서 이렇게 찾아온 거니까."

"그렇다고 12시간을 비행해서 여기까지 와요?"

민호가 서은하를 직시하며 대본에 적힌 '여성 시청자들의 마음까지 미치게 할 사랑에 빠진 눈빛'을 최대한 표현하기 위해 노력했다.

"나만 보고 싶었나? 도로 가?"

"아, 아니요……."

서은하는 민호의 대사에 맞춰 온통 얼굴이 붉어진 채로 수줍어하는 여인을 연기했다.

은채를 좋아하는 알랭인 건지, 서은하를 좋아하는 강민호인 건지 모를 3초가 흐른 뒤.

로비에 기자를 연기하는 엑스트라들이 나타났다.

"이런. 회견이 몇 시지?"

"15분 남았어요."

"고작?"

민호는 서은하의 팔을 붙잡아 기둥 뒤로 잡아끌었다.

"왜, 왜요?"

"떠들 시간이 어딨어."

"떠들지 않으면요?"

"이 호텔 책임 주방장, 드파르디 셰프가 내 선배거든."

"아뇨, 알랭. 밥은 기자회견 끝나고 먹어요."

"밥 같은 소리 하네. 일단 따라와."

강하게 잡아끄는 민호의 움직임에 "어맛!" 하고 함께 달리기 시작한 서은하의 얼굴에 당황이 스쳤다. 그리고 그 표정은, 알랭이 처음 등장해 정은채를 당황하게 하였던 파리의 회상 신과 오버랩 되면서 서서히 미소로 바뀌어 갔다.

호텔 레스토랑의 직원용 출입구. 두 사람은 안을 열고 창고에 들어섰다.

쿵.

문이 닫히면서 그 소리에 놀란 서은하가 벽에 몸을 기댔다.

"여긴 왜요?"

좁은 공간에 민호와 밀착해 있게 되자 서은하는 눈만 껌벅이며 미묘한 불안감을 연기했다.

"왜겠어. 이렇게 연애하기 힘든 여자가 될 줄 알았으면 몇 년 전에 붙잡아서 콱!"

"……콱, 콱 뭐요?"

민호는 시계를 흘끔 보고 말했다.

"이제 10분밖에 안 남았네. 우리 뭘 하면서 보낼까?"

고개를 은근히 들이미는 자신의 행동에 질끈 눈을 감는 서은하. 반지의 성향 덕분에 여기까지는 일사천리로 대사를 이끌고 올 수 있었다.

'음……'

막상 키스할 타이밍이 오자 민호는 뺨이 잔뜩 달아오른 서은하를 보며 심장이 쿵쾅거리다 못해 튀어나올 것처럼 뛰는 것을 느꼈다. 이대로 가면 무슨 사고라도 칠 것만 같은 흥분감에 심장의 펌프질이 배가되어 가슴이 아플 지경이었다.

'금요일 밤 얘기만 안 들었어도.'

젊은 혈기가 덧붙여진 100% 진심인 연기.

배역에 과도하게 몰입하는 배우가 갖는 단점을 얘기했던 장 교수의 말이 재차 떠올랐다.

홍 작가는 마음 가는 대로 하되 강하게 밀어붙여서 화끈한 마무리를 해줬으면 했다. 그러나 민호는 서은하에게 완벽히 진심인 채로, 그녀와의 '애정행각'을 강하게 갈구하는 자신의 모습을 전국의 시청자들에게 있는 그대로 보여주고 싶지가 않아졌다.

'진정부터 하자.'

그래서 민호는 정승미와 했던 것처럼 즉흥적인 연기를 떠올렸다. 미리 맞춰본 것은 아니지만, 어느 정도의 NG 위험은 감수하고서라도 이 사태만큼은 넘겨야겠다는 마음에 대사를 시도했다.

"어라? 왜 눈을 감고 그래? 뭘 기대하는 거야?"

다행인 것은 서은하가 슬며시 눈을 뜨더니 얼굴을 확 붉히며 바로 반응해 주었다는 것이다.

"또 장난. 엄청 긴장했다고요."

쪽.

가볍게 그녀의 이마에 입술만 댄 민호가 웃으면서 물었다.

"이런 거 기대한 거였어? 엉큼하게."

"몰라요!"

"기자회견 끝나고 실컷 해줄 테니까 지금은 이걸로 만족해."

민호는 서은하의 어깨에 팔을 두르고 그녀를 끌어안았다. 옷 두 겹을 사이에 두고 그녀의 체온이 보드랍게 전해졌다.

"보고 싶었어."

"알랭……."

점자시계를 터치해 모니터 석의 반응을 엿들으려다 그만 두었다. 자신의 품에 폭 안겨 있는 그녀가 조금이라도 움직이면 그것이 크게 자극되어 더 큰 실수를 할지도 모른다. 지금도 살짝 꼼지락거리는 통에 심장이 통제가 안 될 지경이니까.

민호의 등에 손을 감고 그를 그윽이 올려다보던 서은하가 조용히 입을 열었다.

"부모님 찾는 건 어떻게 됐어요?"

이 질문에 원래 정해져 있던 마무리 대사가 시작됐다.

"방송은 잘했어."

"잘 안 됐구나."

"따지고 보면 날 사랑했었을 사람을 찾기 위해 한국을 방문한 거니까. 혹시 찾지 못하더라도, 지금 눈앞에 한 명 있는 건 알았으니 됐어."

"저는 평생 알랭 옆에 있을 테니 걱정 마요."

민호는 서서히 심장이 진정되는 것을 깨닫고 겨우 한숨을 돌렸다. 잘못하면 사심으로 연기하는 배우가 될 뻔했다.

"잠깐, 정말 평생?"

"네, 평생이요."

"벌써 결혼 얘길 하다니 너무 빠른데 이거. 한국 여인은 남자 사귈 때 청혼부터 하고 시작해? 나는 생각할 시간이 좀 필요한데. 국적 정리도 해야 하고."

"알랭!"

가벼운 농담까지 끝났을 때 권 PD가 "컷!"을 외쳤다. 창고로 꾸며진 세트장 사방에서 민호와 서은하를 근접 촬영 중이던 카메라도 녹화를 멈췄다.

민호는 즉흥적인 연기에 NG 선언을 하면 어쩌나 권 PD와 홍 작가 쪽에 시선을 돌렸다.

'휴. 인정해 주는 분위기 같군.'

자정이 되기 직전, 가까스로 오늘 예정된 알랭의 촬영이 모두 끝났다. 화요일 밤의 에필로그 촬영은 짧게 한다고 들었기에 이번 드라마 출연은 여기서 거의 끝났다고 봐도 무방했다.

"1시간만 휴식하고, 바로 다음 신 들어가겠습니다!"

FD의 외침에 스태프들은 신음부터 흘리며 각자의 휴식처를 찾아 들어가 기절하듯 눈을 감기 바빴다.

민호는 심력도 체력도 거의 방전된 상태로 복도에 나서다 홍 작가와 대화 중인 서은하에게 시선이 머물렀다. 그리고 차마 훔치지 못했던 그녀의 고운 입술도.

'……사심을 채울 걸 그랬나?'

이제 와서 후회해 봤자 마음만 아플 뿐. 그래도 따뜻한 포옹은 나눴다는 긍정적인 면만 생각하기로 하며 그녀에게 다가섰다.

"수고했어, 민호 씨."

얼굴에 웃음이 가득한 홍 작가가 먼저 민호를 보고 박수를 쳐주었다.

"고마워요, 홍 작가님. 여러모로."

"이런 게 서로 윈윈인 거지. 아무튼, 내 눈은 정확했어."

서은하가 이 말에 궁금하다는 듯 물었다.

"뭐가요?"

"두 사람은 한 방에 넣고 카메라만 갖다 대면 저절로 드라마가 나와. 은채를 아껴주고 싶어 하는 알랭의 눈빛 너무 좋더라. 천생연분이야, 아주."

진한 키스 대신 포옹으로 끝낸 것이 나쁘지 않았는지 칭찬을 하는 홍 작가의 말에 민호는 헛기침을 하며 서은하의 기색을 살폈다.

언제나처럼 밝고 건강한 미소로 자신을 올려다보고 있는 그녀를 보며, 최종적으로는 잘한 짓이었다고 정리해 두었다. 그런 혈기는 좀 더 깊은 관계가 되어서 욕심내면 될 일.

"그럼, 두 사람 얘기 나눠. 나도 1시간 자러 가야겠어."

홍 작가가 손을 흔들며 사라졌다.

배우 대기실로 향하는 길. 서은하가 물끄러미 민호를 바라보다 물었다.

"민호 씨는 이제 가는 거죠?"

"네, 내일 일찍부터 스케줄이 있어서."

"아까 홍 작가님께 들었는데."

그녀는 우물쭈물 망설이더니 기어들어가는 목소리로 말했다.

"금요일에 저희가 따로 지낼 수 있게 스위트룸을 잡아 놓으셨데요."

멈칫, 민호는 긴장 때문에 뻣뻣해진 목을 서은하에게 돌렸다.

"그…… 은하 씨 마음대로 해요. 하하. 드라마 잘돼서 가는 거니까 같이 고생한 동료 배우들과 친분을⋯⋯."

서은하가 민호의 옷자락을 붙잡았다.

"전 민호 씨 하고만 있고 싶어요."

갑작스레 심장에 폭행을 가하는 그녀의 한마디에 민호는 속으로는 만세를, 겉으로는 최대한 담담한 표정을 지었다.

"어쩌죠? 하루하루 민호 씨가 자꾸만 좋아져요."

서은하가 고개를 숙인 채로 2차 심장폭행을 가하자 민호는 더는 버틸 수 없단 생각에 등을 휙 돌렸다.

스태프들 대부분 기절해서 사람이 거의 지나다니지 않는 복도 위. 민호는 최적의 타이밍이라는 생각에 그녀에게 입술을 가져갔다.

'이번엔 최소 10초다.'

그렇게 그녀의 입술에 불과 1㎝를 남겨두었을 무렵.

"민호 씨—!"

아주 귀에 익숙한 목소리에 반사적으로 서은하에게서 물러선 민호의 고개가 돌아갔다.

"공 매니저님⋯⋯."

"어이구, 고생 많으셨습니다. 매니저도 없이 종일. 이제 푹 쉬십시오. 제가 온 힘을 다해 보조하겠습니다. 어이쿠, 은하 씨도 계셨군요. 와~ 무슨 촬영인데 그렇게 예쁘게 차려 입으셨습니까?"

파리에서부터 말도 안 통하는 사람들과 무박 2일을 지내
고 온 공 매니저의 입은 쉴 틈이 없어 보였다. 공항에서 바로
달려온 것만 같은 그의 급한 차림새에 민호는 차마, '산통 다
깨셨다'고 쏘아붙일 수가 없었다.

  서은하는 약간은 삐진 것 같은 민호의 표정에 쿡하고 나오
는 웃음을 손으로 막았다. 그리고 민호에게 속삭이듯 말
했다.

  "그날 봐요, 민호 씨. 공 매니저님도 반가웠어요."

  "은하 씨도 마지막까지 촬영 잘해요."

  서로의 눈을 보며 나눈 무언의 약속.

  민호는 날아갈 듯한 웃음을 지은 채 서은하를 떠나보냈다.

———————

Object : 연극대가의 노하우가 축적된 공연 소품세트.

Effect : 상대 배우의 연기력을 실시간으로 분석할 수 있다.

72.
당신을 위한 노래(1)

　딩동. 딩동.

　요란한 벨소리가 민호의 귀를 덮쳐 단잠을 깨웠다.

　'아우, 몇 시지?'

　새벽 1시에 숙소에 돌아와 샤워하고 기절하기까지 단 10분. 그리고 잠깐 눈을 붙인 것 같은데 벌써 오전 7시였다.

　이 시간에 문을 두드릴 사람이라고는 공 매니저밖에 없기에 민호는 배를 긁적이며 현관으로가 문을 열었다.

　"어우, 제가 늦잠을 좀 잤죠? 공 매니저……."

　속옷 바람으로 하품을 하던 민호는 그대로 몸이 굳어져 버렸다. 앞집에 사는 아이돌, 펑키라인의 리더 오소라가 입을 떡 벌린 채 자신의 아래위를 훑어보고 있기 때문이었다.

쾅.

민호는 도로 문을 닫았다.

'헛것을 본 거야.'

잠이 확 달아나는 상황에 민호는 고개를 좌우로 열심히 흔들었다.

쿵쿵쿵.

"민호 오빠. 뭘 그렇게 부끄러워해요. 몸도 좋더만. 요새 헬스 엄청 했나 봐요?"

그러나 바로 들려오는 오소라의 목소리는 환청이 아니었다. 민호는 한숨을 푹 내쉬었다. 정신없이 잠을 잔 통에 잠옷 걸치는 것도 깜박했다.

얼른 안으로 들어가 바지와 티셔츠를 걸치고 다시 현관문을 열었다.

"왜 아침부터 문을 두드려?"

"아니, 뭐 연락도 안 되고. 공 매니저님도 해외에 있다고 그러고. 혹시나 해서 찾아와 봤죠."

하고 은근히 자신의 복근 쪽을 살펴보는 것에 민호는 그도 모르게 배를 가리는 방어 자세를 취하며 혀를 찼다.

"너 요새 여기 지하 주차장에 파파라치 상주하는 거 모르지? 이런 꼴 들키면 너나 나나 난감해."

"여기 KG 전용 숙소라는 거 기자들 뻔히 아는데 그럴 리가요. 대놓고 그러면 오히려 안 들킨다고요. 민호 오빠 혹시 생각 바뀐 거예요? 저랑 그렇고 그런 사이 되고 싶다고?"

민호는 천연덕스럽게 대꾸하는 오소라의 이마에 빠르게 딱밤부터 때렸다.

"아파요!"

"나 스케줄 준비해야 하니까 용건이나 빨리 말해."

"오빠 목요일에 광고 찍지 않아요?"

"어디 이동통신이라고 들었는데? 그게 왜?"

"저번에 우리 같이 찍었던 그 노트북. 그 회사예요."

"그래?"

"그래서 저도 같이 찍게 됐다고 방금 KG에서 통보받았습니다. 거기 사장님이 우리 되게 좋게 봤나 봐요."

손가락으로 V 자를 그려 보이는 오소라. 그녀도 일어난 지 얼마 안 됐는지 가뜩이나 쌍꺼풀 없는 눈이 살짝 부어 거의 보이지 않았다.

"어? 가만. 당신이 오소라 씨라고요? 얼굴이 아닌데?"

"맞는데."

"아닌데? 소라는 그래도 눈이 있는데?"

"야!"

날아오는 주먹을 피해 문 뒤로 몸을 숨긴 민호가 씩 웃으며 말했다.

"발끈하는 거 보니 소라 맞구나."

민호는 속옷차림을 보여준 것에 대한 작은 복수를 끝낸 뒤에 언뜻 떠오르는 생각에 되물었다.

"내가 전에 받은 콘티에는 여자 출연자 없었어."

"수정됐겠죠."

"그런가? 그 회사 사장님이 블록버스터광이라 어떤 내용일지 전혀 감이 안 오네."

목요일 하루에 끝나야 할 광고작업이 그 때문에 뒤로 밀려 금요일까지 진행된다면.

'그건 완전 끔찍한 일이지.'

민호는 진지한 눈빛으로 오소라에게 말했다.

"소라 너 그날 밥 단단히 먹고 와라. 몸매 관리한다고 또 픽픽 쓰러지지 말고."

"펑키라인 비활동 시즌이라 다이어트 안 하네요~"

오소라가 콧노래를 부르며 요즘 잘 먹고 지낸다고 자랑을 해왔다.

"비활동? 넌 솔로 데뷔해야 하잖아. 옆에서 커버해 줄 동료 없으면 차이 확 날 텐데. 평소에는 다른 멤버랑 비교해 개성이라 생각했던 부분이 단점처럼 느껴질 수 있거든. 나야 우리 전우 맨날 봐서 퉁퉁한 눈이 귀엽다고 생각하지만, 다른 팬이야 모를 일이지. 그런데 미니앨범 출시가 언제라고?"

아이돌 매니아답게 정곡을 콕 찌르는 말을 하자 오소라는 꿀 먹은 벙어리가 됐다.

"그렇다고 굶지 마. 건강한 몸으로 보자, 소라야."

"저도 운동 열심히 하고 있거든요!"

내 매력에 빠져들 준비나 하세요, 하고 민호를 쏘아본 오소라가 등을 휙 돌렸다.

오전 8시.

공 매니저가 운전하는 밴이 음악예능 촬영이 있는 SBC사옥으로 이동을 시작했다.

'불후의 음반은 저녁 6시면 끝나고. 메디컬 24시는 퇴근 시간이 정해져 있으니까. 문제는 ST 쪽의 광고인가?

민호는 밴 안에 앉아 화, 수, 목의 일정을 낱낱이 검토 중이었다.

"혹시 ST통신 광고 관련해서 연락 온 거 있나요?"

이 물음에 공 매니저는 고개를 저었다.

"저도 오소라 씨가 참여한다는 말만 들었습니다. 민호 씨 모셔다드리고 바로 알아보겠습니다."

"다른 것보다 촬영시간이 얼마나 걸릴지 파악해 주세요. 금요일에 '사계절의 행운'팀 따라서 휴가를 갈 생각이니까요."

뒷좌석의 김 코디가 얼굴에 화색이 돌아 민호에게 물었다.

"저희 포상 휴가 따라가요?"

"응. 가능하면. 따로 잡혀 있는 스케줄도 없으니까 쉴 때
는 쉬어야지."

"우와!"

"승미 씨는 오는지 모르겠다, 야."

민호의 말에 급격히 표정이 어두워지는 김 코디. 룸미러를
흘끔 본 공 매니저가 껄껄 웃으며 말했다.

"말 나온 김에 금요일 스케줄에 포함해 놓겠습니다. 다만
일요일에 '맨 앤 정글'팀 회의가 있어서……."

"1박 2일만 다녀오죠, 뭐."

그것까지 염두에 둔 대답을 한 민호에 공 매니저는 알겠다
며 고개를 끄덕였다.

"아, 민호 씨. 이건 소문일 뿐입니다만, '오드리'라는 꽤 유
명한 향수 회사에서 아시아 공략 모델로 민호 씨를 정했다는
이야기가 들려오고 있습니다. 그것도 엄청난 조건으로. CF
업계는 몸값 경쟁 때문에 별별 루머가 다 돌아 정확한 건 아
닙니……."

"그거요? 아마 맞을 거예요."

"네? 정말입니까?"

눈이 휘둥그레진 공 매니저에게 민호는 백팩을 뒤적거
리다 미셸 대표에게 받은 명함을 꺼냈다. 밴이 신호에 정차

한 사이 공 매니저에게 명함을 건네주었다.

"이분하고 같은 비행편을 타서 약간 일이 있었거든요."

"미셸…… 오드리?!"

민호는 "뭐, 절 좋게 봐주셨나 봐요" 하고 대수롭지 않다는 듯 중얼거리며 귀에 이어폰을 꽂고 오늘의 음악 예능을 위한 준비에 들어갔다.

"미, 민호 씨……."

명함을 돌리는 건 매니저라면 당연히 해야 할 기본 업무였다. 공 매니저는 건네받은 명함이 한눈에 봐도 귀빈용임인 것을 보고 신음을 삼켰다.

한 번에 수억에서 수십억이 오가는 CF를 이렇게 간단히 따내다니.

"비행기에서 무슨 일이 있으셨던 겁니까?"

윤이설의 목소리로 녹음된 노래를 흥얼거리고 있었기에 공 매니저의 물음은 민호의 귀에 들어가지 않았다.

【가왕 문승훈, 데뷔 25주년 기념 인기 예능 입성! 올킬 우승 달성할까?】

문승훈은 휴대폰으로 인터넷뉴스의 헤드라인을 들여다보

앉다. 대부분 자신의 방송 출연에 놀라는 반응들이다.

'고상한 척 콘서트만 하다가 갑자기 왜 예능 출연이냐 이 거겠지.'

과거에 히트곡을 부르거나 만든, 전설이라 불렸던 이들을 초대해 그 노래를 후배들의 목소리로 재편곡해 부르는 이 방송은, 사실 자신처럼 알려진 가수에게는 부담스러운 면이 컸다.

잘해야 본전. 삐긋하면 퇴물 취급.

가수 대기실에 앉아 거울을 보며 문승훈은 마흔을 훌쩍 넘겨 버린 자신의 외모가 오늘따라 초라해 보인다며 씁쓸한 신음을 삼켰다. 데뷔 25주년이라는 허울 좋은 명예는 바꿔 말하면 이미 대중에게는 오래된 가수 취급을 받고 있음을 뜻했다.

"늙었네, 너도."

안경을 아무리 세련된 것으로 교체한다 해도 지나간 세월까지 새롭게 갈아 낄 수는 없었다. 오늘의 전설로 출연할 대선배의 이름을 떠올리며 문승훈은 마음을 다잡았다. 퇴물 취급을 받지 않을 정도로 신경을 많이 쓴 이상, 우승인지 뭔지 해야 하지 않겠는가.

똑똑.

"선배님!"

대기실의 문이 열리고, 신세대 느낌을 가미한 편곡의 핵심 요소 중 하나인 객원 래퍼가 고개를 들이밀었다.

"진큐야. 이 선배가 먼저 와서 기다리고 있어야겠냐?"

"출근 시간이라 차가 엄청……."

"됐고. 목 상태는 괜찮지?"

똑똑한 래퍼로 인기몰이 중인 청년 진큐는 씩 웃으며 고개를 끄덕였다.

"목은 괜찮습니다."

"무대 리허설은 오전이니까 이것부터 마셔. 아침이라 소리가 잘 안 나올 거야."

보온병을 열어 향긋한 냄새를 풍기는 레몬차 한 잔을 따라 주는 문승훈의 모습에 진큐는 감탄한 표정이 됐다.

"하여튼 준비 철저하십니다, 선배님. 어제 그렇게 늦게까지 연습하셨으면서."

"자식이. 그 정도 연습은 기본이지. 그리고 너 지금부터 목 관리 안 하면 서른 넘어서 훅 간다. 돌 씹어먹어 소화시키는 젊음도 한철이야."

비록 말투는 퉁명스러웠으나 문승훈의 배려는 따뜻했다. 진큐는 종이컵에 담긴 차를 한 모금 넘긴 뒤에 물었다.

"그나저나 승훈 선배님이 '불음' 출연이라니, '양학'도 이런 '양학'이 어디 있습니까?"

"불음? 양학?"

문승훈이 되물었다. 진큐는 세대 차이를 통감하며, '불후의 음반'이니 '양민 학살'이니 하는 줄임말을 일일이 설명해 주었다.

"그 정도로 차이가 날지는 봐야 하는 거 아니야? 요즘 실력파 가수 많잖아."

"그 실력파 가수 중에서도 최고인 분이 그런 소리 하면 욕먹습니다. 리허설 순번표 나왔죠? 어디 보자~"

진큐는 문승훈에게 처참히 패배할 오늘의 출연자 목록을 살피다가 움찔했다.

"윤이설이 있네?"

"아는 가수냐?"

"방송 몇 번 같이했습니다. 노래도 잘 부르고, 곡도 잘 쓰고. 아마 몇 년 안에 선배님처럼 국민가수 소리 들을 겁니다."

"그리 관심 두는 거 보니, 예쁘구나?"

문승훈이 다 안다는 눈빛으로 진큐를 바라보았다. 그러나 진큐는 예쁜 신인가수를 꼬시려던 속셈을 들킨 얼굴이 아니었다. 뭔가 두려워하는 기색을 내비치기에 궁금해서 물었다.

"그렇게 실력이 좋아?"

"윤이설의 방송에는 '원 플러스 원'으로 꼭 따라붙는 녀석이 있거든요."

진큐는 한숨을 푹 내쉬더니 말을 이었다.

"선배님. 오늘 우승…… 쉽지 않을 것 같습니다."

"자식이, 아깐 양학이라더니. 농담하냐?"

"진지합니다. 저 리허설 전에 정찰 좀 하고 올게요."

정규앨범을 준비할 때보다 더욱 심력을 들인 편곡에, 빅밴드에, 후반에 숨겨둔 떼창까지.

그 모든 과정을 객원 래퍼로 참여하며 지켜본 진큐의 입에서 나온 비관적인 예상에 문승훈은 믿기지 않는다는 얼굴이 됐다.

"룰루루~"

콧노래를 흥얼거리며 밴에서 내린 민호는 방송국 주차장 구석에서 좌우를 두리번거리며 서 있는 아가씨를 발견했다.

"일찍 왔네? 이설아!"

민호는 이어폰을 빼고 윤이설에게 손을 들었다. 그녀가 민호의 목소리를 쫓아 고개를 돌렸다.

"이쪽, 이쪽. 그래."

"대표님!"

윤이설은 두꺼운 패딩으로 온몸을 꽁꽁 싸매고 있기 때문인지 둥글둥글한 아기곰 체형이 되었으나 얼굴은 새하얀 탓에 묘한 귀여움이 배가되어 있었다.

'우리 이설이, 일단 외모로는 우승 확정이다.'

민호는 뒤뚱거리며 달려오는 윤이설을 보며 감탄과 함께 만족스러운 웃음을 지었다. 민호의 뒤를 이어 내려선 공 매니저도 다가서던 윤이설을 발견했다.

"이설 씨. 오늘도 활기차시네요."

"공 매니저님도 기분 좋아 보이세요."

"저야 민호 씨 때문에 웃음이 떠날 날이 없습니다. 하하!"

윤이설은 인사를 끝내자마자 황급히 민호의 팔을 붙잡았다.

"저기, 대표님."

그리고 목소리를 낮춰 말했다.

"오늘 반주해 주신다던 사계절 선배님들 연락이 안 돼요."

"안 된다고? 그 형님들 또 늦게까지 술 드셨나 보네."

"저희 리허설 11시인데 그때까지 안 오시면 어쩌죠?"

"상건이 형은 있을 테니, 있는 인원으로만 맞춰보면 되지."

"괜찮을까요?"

대수롭지 않게 받아들이는 민호와는 달리 윤이설은 어찌할 바를 몰라 했다.

"이설이 너, 그것 때문에 안 들어가고 서 있었던 거야?"

"네……."

"메인 가수가 감기 걸리면 어떡하려고."

타박하는 듯한 민호의 말투에 윤이설이 "마, 많이는 안 기다렸어요" 하고 기어들어가는 목소리로 중얼거렸다. 민호는 그녀의 패딩에 달린 두툼한 모자를 올려서 푹 씌워주었다.

"녹화는 오후고, 그때까지는 오시겠지. 사계절 형님들이 상건이 형은 몰라도 네 연주는 펑크 안 낼 거야. 널 얼마나 아끼시는데."

머리까지 아기곰이 되어버린 윤이설을 보며 입가에 미소가 번지는 민호. 그녀의 모자를 톡톡 두드리며 진정시켜준 후에 안을 가리켰다.

"목 상할라. 얼른 들어가자."

민호와 윤이설이 대기실에 먼저 들어가는 모습을 지켜보던 공 매니저는 흐뭇한 표정이 됐다.

"저리 자상하시니 연습생들이 그렇게 기를 쓰고 스타피스에 들어오고 싶다고 난리지."

의상 가방을 들고 밴에서 내린 김 코디가 이 말에 궁금해 물었다.

"연습생이라니요?"

"시완이 넌 모를 거다. 요즘 별별 청탁이 다 들어와. KG가 아니라 타 기획사 연습생들까지 민호 씨 레이블에 들어오고 싶다고 난리야 난리."

"다른 기획사에서도요? 대박이네요."

"아직 발매도 안 된 KG 시즌송 프로듀싱을 민호 씨가 담당한다고 벌써 소문이 쫙 깔렸더라고. 들어오고 싶다는 연습생 다 끌어모으면 오디션까지 해야 할 판이다."

공 매니저는 방송국 건물 안으로 사라진 민호의 뒷모습을 보며, 아직도 알려지지 않았을 가능성이 무궁무진하게 숨겨져 있으리란 생각이 들어 살짝 소름이 돋아났다.

"민호 형, 레이블 대표 되신 것도 귀찮아서 그만두려고 하시잖아요."

"그것도 문제라면 문제야. 윤이설 씨와 이상건 씨 외에는 소속 가수를 늘릴 생각이 없어 보이시니. 민호 씨가 어떤 기준으로 사람을 마음에 두는지 전혀 모르겠단 말이지."

"어제 보니까, 일단 서은하 누님은 확실해 보였어요. 레이블도 윤이설 씨 때문에 맡은 거라고 하셨으니 확실히 마음에 있을 테고."

"두 분은 그냥 매력이 흘러넘치잖아. 대한민국 남자 다 똑같이 마음에 둘걸? 아니야, 뭔가 확실한 기준이 있어."

"저는……."

"너는 정승미라고?"

건물 안으로 들어가 공개홀 구역으로 이동하던 민호는 아직 모자를 푹 눌러쓴 채 둔한 움직임으로 따라오고 있는 윤이설에게 고개를 돌렸다. 히터가 빵빵한 안쪽에 진입하고 보니 그녀의 모습이 어딘지 갑갑해 보였다.

"안 더워? 더우면 모자라도 벗지."

"네" 하는 대답과 함께 생각할 것도 없다는 듯이 모자를 뒤로 넘기는 윤이설의 동작. 민호는 그 단순한 움직임에 멈칫하고 말했다.

'그렇다고 시키는 대로 바로 그렇게……'

불현듯 이런 생각이 스쳤다. 잔소리를 하도 해댔더니 그녀가 자신의 말을 너무 무비판적으로 받아들이는 건 아닌가 하는.

눈 오던 그날에 차마 하지 못했던 말도 있고, 이제는 슬슬 연예계에서 그녀 혼자서도 활약할 수 있게 자립심을 길러줘야겠다는 사명감까지 들자 민호는 신중히 입을 열었다.

"이설아. 내가 하는 말을 있는 그대로 전부 따를 필요 없어. 네 나름대로 생각해서 행동해. 오늘 녹화 때 토크도 꽤 오고 갈 테니까, 자신감 있게. 예능에서는 그게 중요해."

"대표님 말은 항상 옳잖아요."

"얘가. 그건 아니지."

민호는 어느새 경청하는 얼굴이 되어서는 자신을 향해 믿음이 듬뿍 담긴 '스트레이트 시선'을 던지는 그녀를 보고 나직이 한숨을 내뱉었다.

"그 아이컨택하는 버릇. 그거 남자 심장에 무척 안 좋으니까 아무한테나 하지 마."

"네."

"아니~ 그렇게 대답하지 말고. 왜요? 하고 되물어봐."

"왜요?"

"싫어요, 해봐."

"싫어요."

"오케이. 다시 얘기할게. 그 아이컨택하는 버릇. 아무한테나 하지 마."

"왜요? ……싫어요?"

민호는 '어유, 우리 이설이 잘했다~' 하고 반사적으로 머리를 쓰다듬으려다 이게 아니라는 생각에 골을 부여잡았다.

윤이설의 연예계 활동을 책임져야 할 처지에서, 민호는 순백에 가까운 순진무구함을 품고 있는 그녀의 앞날이 마냥 염려스러웠다.

"이설아."

예의 신뢰하는 눈길이 되어 자신을 바라보는 그녀.

"세상을 네 식대로 느끼고 그걸 곡으로 쓰는 거. 나는 되게 좋아. 타이틀곡에서는 입을 한번 맞춰보고 싶은 설렘을 눈맞춤으로 얘기하던 가사가 좋았고. '반짝이는 별'에서는 별

빛이 내리는 밤하늘을 바로 눈앞에서 보는 듯한 느낌을 주던 허밍도 좋았고. 나는 이런 너의 장점이 나 때문에 제약을 받는 건 옳지 않다고……."

민호가 말하는 도중, 윤이설이 고개를 크게 좌우로 흔들었다.

"싫어요."

"그래, 그렇게. 네 의견을 당당하게 표현하라 이 말이지…… 응? 싫다고?"

"대표님은 제가 어리다고 생각하실지 몰라도, 저 충분히 성인이에요. 소라 언니처럼 그, 그런 자신감은 없지만요."

잠깐 얼굴이 붉어진 윤이설은 수줍은 기색임에도 할 말을 꿋꿋이 이어 나갔다.

"얼마 전에 확실한 목표를 세웠어요. 그러니까 대표님도 지켜봐 주세요. 그리고 나서…… 다시 저를…….."

여기까지가 한계였는지 윤이설은 "먼저 가요!" 하고 쪼르르 내달려 버렸다.

"야, 이설아!"

이미 저만치 가버려 돌아오지 않는 그녀.

"이거, 참."

민호는 턱을 긁적일 수밖에 없었다. 언젠가는 윤이설의 감수성에 상처를 낼지 모를 말을 해야 한다는 것은 알고 있지만, 저렇게 여려서야 아직은 먼일일 뿐이다. 어떤 진심은 상대를 아프게만 하니까.

"어이, 강민호!"

그렇게 윤이설의 뒤를 따라 걷던 중, 자신의 이름을 부르는 목소리가 있었다. 고개를 돌리니 반대편 복도에서 헐레벌떡 달려오고 있는 정장 차림의 청년이 보였다.

"진큐? 네가 여기 무슨 일이야? 오늘 너도 출연해?"

민호의 앞에 선 진큐가 코웃음을 치며 말했다.

"그러는 너야말로 사사건건 왜 그래?"

"뜬금없이 그게 무슨 소리야?"

"나한테 무슨 억하심정 있냐? 기껏 문 선배님과 콜라보로 주가 좀 올려보려고 준비 중인데 찬물 뿌리게."

"문 선배님? 국민가수 문승훈?"

"그래, 인마!"

아무것도 모르겠다는 분위기의 민호를 보며 진큐는 '끙' 하고 한숨을 내리눌렀다.

"너는 맨날 그런 얼굴로 말도 안 되는 활약을 해서 문제야. 도무지 방심할 수가 없잖아."

"나 문승훈 선배님 노래 무지 좋아하는데."

"누군들 안 좋아하겠냐!"

아침부터 투덜거리는 진큐는 진지한 눈빛으로 민호에게

물었다.

"오늘 윤이설 씨 무대에 너도 올라가?"

"난 구경만. 반주는 사계절 밴드가 대신할 거야."

"그 심하게 어깨형님 같은 무서운 분들?"

"맞아. 조금 인상이 세긴 해도 다들 착하셔."

'오호라, 좋은 정보!' 하며 회심의 미소를 지은 진큐는 마지막으로 물었다.

"이상건 선배는? 피처링?"

"이설이 솔로 곡으로 편곡해서 화음 조금만. 근데 우리 무대를 왜 이리 꼬치꼬치 물어?"

"정찰이란 거다."

이 대답에 민호의 표정이 밝아졌다.

"그 문승훈 선배님이 우리 이설이를 경계하고 있다고? 이거 좋은 징존데."

진큐는 경계하는 건 선배가 아니라 자신이라는 사실은 함구하며 무대 정보를 있는 그대로 얘기해 준 민호에게 보답으로 따뜻한 캔커피를 건네주었다.

"땡큐, 진큐."

"쓸데없이 라임 넣지 마. 그리고 제발 부탁한다, 민호야. 오늘 방송은 적당히 해라."

"구경만 할 거래도."

"이설 양 나오는데 퍽이나 조용하시겠어."

캔커피를 따 맛있게 한 모금 넘긴 민호가 진큐에게 물었다.

"맞다, 너 혹시 토크 시간에 이설이 서포팅 좀 해줄 수 있어? 출연자 중에 최고 막내라 긴장할 것 같아. 이설이 방송에서 친한 사람이 몇 없잖아."

"내가 네 레이블 소속이냐? 달인의 조건 때도 막 시켜먹더니. 웃기시네. 할 거 같아?"

먼 산을 바라보듯 지긋이 캔커피의 향을 음미하던 민호가 지나가듯 말했다.

"아우, 대휘 형님 늦으시면 피아노 대신 들어가야 하는데. 하모니카랑 동시에 연주해 볼까? 삘이 오고 있어. 막 열심히 하고 싶어지네~"

"하지! 적극 참여하마. 나 이설 씨 팬이다."

73.
당신을 위한 노래(2)

　민호는 리허설 예정 시간인 11시까지 여유 있게 있으려 했으나 그럴 수가 없었다. 자꾸만 대기실로 다른 가수들이 찾아와 말을 붙여댔기 때문이었다.

　이미 오전에 출연가수 6인의 대기실을 싹 돌며 인사를 했건만, 뭐 그리 할 말이 많은 건지.

　특히 윤이설보다 덜 알려진 가수들은 아예 방에서 떠날 생각을 하질 않았다.

　"HY뮤직 때부터 알아봤다니까. 발표하는 노래마다 어쩜 그리 듣기 좋은지. 이설이 너, 옮기길 잘한 거야."

　"고마워요, 선배님."

　효령이라는 신세대 트로트를 노래하는 가수는 이설이의

전 소속사 동료이기도 했다.

"데뷔앨범으로 전곡 줄 세우기 한 가수는 윤이설 씨가 처음일걸요? 저는 작곡 실력에 두 번 놀랐습니다."

"전부 대표님 프로듀싱 덕분인걸요."

"거기에 걸출한 프로듀서까지. 부럽다 부러워. 우리 소속사는 꿈도 못 꿀 일입니다."

신인 보이그룹 B1의 메인보컬 산돌의 푸념 섞인 발언에 윤이설은 부끄러운 미소만 지을 뿐이었다.

민호는 '불후의 음반'이라는 음악 예능에서 경연을 펼치는 가수 대부분이 신인 아니면 재능이 있음에도 그간 빛을 보지 못했던 사람들임을 확인하고 차마 대기실에서 내쫓을 수가 없었다.

긴 무명시절을 겪은 이상건과 윤이설의 표정 속에서 저들을 향한 응원과 배려의 표정을 본 것이 가장 큰 이유기도 했고, 친해져야 토크 시간에 윤이설이 할 이야기도 많을 테니까.

'근데 얘는 왜 자꾸 얼쩡거려.'

건너편 소파에 앉아 자신만 살피고 있는 진큐를 향해 민호가 한마디 했다.

"너는 문 선배님 수발해야 하는 거 아니야? 왜 계속 여기 있어?"

"불안해서 그런다."

진큐는 혹시 몰라 휴대폰으로 검색해 본 기사 하나를 민호에게 들이밀었다.

【알랭으로 변신해 한불수교 행사에 참석한 강민호, 파리를 들뜨게 하다.】

"여긴 또 언제 가서 이런 짓을 벌인 거야? 너는 쉬는 날도 없냐!"

기가 막힌다는 듯이 혀를 내두르는 진큐에게 민호는 장 주앙과 리노 주베의 강력한 함정 때문에 어쩔 수 없었다는 대답을 하며 그저 웃었다.

"장 주앙? 리노 주베? 그게 누군데?"

"파리 부시장님하고 관현악단 단장……"

"얌마!"

약간의 언성이 높아지자 반대편에서 모여 얘기하고 있던 불후의 음반 출연자들이 시선이 민호 쪽으로 향했다. 민호는 아무것도 아니라며 어색한 미소로 손을 저었다.

"목소리 낮춰. 그리고 누가 이기면 어때? 이거 승패가 중요한 예능 아니잖아."

대기실의 문이 열리며 FD가 말했다.

"윤이설 씨 리허설 준비해 주세요!"

"오늘의 주역은 내가 아니라 이설이라고."

한마디 더한 민호가 자리에서 일어났다.

불후의 음반이 촬영되는 공개홀은 500석 규모의 소극장으로, SBC 방송국이 세워졌을 때부터 수십 년 동안 유지 되어 온 유서 깊은 무대였다.

음향부터 세팅된 악기 모두 국내 최고의 시설이었으나 민호의 관심은 하나, 애장공간의 가능성이 있나 없나였다.

'에게, 빛이 어린 물건이 단 하나도 없네.'

그야말로 기운이 쭉 빠지는 광경이었다. 이 무대에 섰던 가수만 해도 수천, 아니 수만은 될 텐데 애장품이 아예 보이지 않는다니.

'망할 쇼 비즈니스!'

"민호야, 대휘 형님이 이제 출발하셨대. 리허설은 우리끼리 해야겠다."

이상건이 휴대폰을 내리며 고개를 흔들었다. 민호는 이미 예상했던 부분이기에 바로 말했다.

"그럼, 제가 잠깐 기타 잡고 이설이랑 노래 파트 진행할 테니까 상건이 형이 다른 세션 악기체크 좀 세밀히 해주세요."

"그래. 기타는……."

"네, 형님 거로요."

"그렇게 하고 싶음 방송에서도 네가 쳐."

"상건이 형 한 컷이라도 더 나와야 해요."

"자."

민호는 활짝 웃으며 이상건의 기타를 받아 들었다. 그리고 마이크 키 높이를 맞추고 있는 윤이설에게 다가갔다.

"이설아, 하모니카 잠깐만 빌려줄래?"

"대표님도 반주하게요?"

"아니야, 들고만 있을 거야."

윤이설의 감성을 좀 더 밀접하게 느끼기 위해서는 그녀의 애장품을 들고 있는 게 나았다. Once에서야 자동으로 그게 되지만, 여긴 애장품이라곤 단 하나도 없는 황량한 사막이니.

민호가 하모니카와 기타를 손에 쥐고 연주자 자리에 앉았다. 스피커와 연결해 기타를 몇 번 튕겨본 뒤에 방송국 측에서 섭외한 전문 연주자들에게 말했다.

"음향 체크겸 기본 코드로만 따라와 주시면 돼요. 조금 있다가 저희 밴드분들이 따로 연습하시고 참여하실 거거든요. 이설아, 준비됐어?"

윤이설과 눈을 마주친 후, 드러머에게 고개를 까딱까딱 박자를 맞춰주다 그대로 기타를 튕겼다.

오늘 윤이설의 목소리로 부를 곡은 [고 안성길 작사, 작곡 / 박중호 노래]의 '사소한 것들'이었다.

일상의 소소한 순간을 가수의 처지에 빗대어, 듣는 사람들을 위로해 주는 노래. 어찌 보면 윤이설을 가장 처음 만나서 들었던 '다시 한 번'이란 곡과 분위기가 흡사했다.

'편곡도 깔끔하게 됐어.'

윤이설이 첫마디를 시작했다. 반지를 통해 확실히 암기해 둔 편곡 악기 하나하나의 박자와 멜로디가 민호의 머릿속으로 자연스레 떠올랐다.

－오늘 같은 날엔 모두 내려놓고 싶어. 손끝에 닿을 듯한 행복은 멀지 않음을…….

공개홀 후문. 진큐는 고개만 빼꼼 내밀어 안쪽을 훔쳐보다 안도의 한숨을 내쉬었다.

"좋긴 한데, 임팩트는 약해. 천만다행이야. 사계절 밴드가 아무리 대단해도 저런 편곡을 살릴 수야 없겠지."

"뭐가 다행이란 거냐?"

"강민호 편곡이요. 생각보다 밋밋……."

진큐는 등줄기에서 느껴지는 서늘한 시선에 멈칫했다.

"서, 선배님."

"우리 리허설 끝나자마자 코빼기도 안 보이더니, 윤이설 따라다니고 있던 거냐? 혈기 왕성하구나."

문승훈이 어디서 배웠는지 '노답'이라는 신세대 언어를 구사하며 고개를 절래 흔들자 진큐가 황급히 손을 저었다.

"오해십니다. 저기 기타 잡고 있는 친구 보이십니까? 쟤가 강민호인데요, 가끔 인간이 아닌 거 같은 짓을 벌이거든요."

"뭔 소리 하는지 모르겠네."

정작 무대를 서는 주인공보다 걱정이 태산인 것 같은 진큐의 성화에 문승훈도 문 안쪽으로 고개를 내밀어 무대 위로 시선을 던졌다.

노래가 끝나고, 음향을 조정하기 위해 그 강민호란 청년이 마이크를 잡은 상태였다.

—드럼 스네어 튜닝을 조금만 가벼운 톤으로 했으면 하는데요.

강민호가 기타를 들고 '팅팅팅' 하는 하모닉스를 낸 뒤 드러머를 바라보았다.

—이 정도?

—스네어 소리를 기타에 맞추라고요?

잘못 들었나 싶은 드럼 연주자의 반응에 강민호는 머리를 긁적이며 고개를 저었다.

—아…… 그…… 괜찮습니다. 나중에 저희 연주자 오면 할게요. 참, 베이스 연주자님. 음이 약간 높던데 피치를 아주 살짝만 낮게 조절해 주세요. 파샾이 아니라 파샤샤샾 같았거든요. 땀에 젖어서 줄이 조금 당겨지지 않았나 싶어요.

전문연주자들에게 튜닝부터 지적하는 강민호의 발언에 문승훈의 눈길이 흥미롭다는 표정이 됐다.

"진큐야. 인간 같지 않다던 게 절대음감을 얘기하는 거였어?"

"강민호가 절대음감이라고요?"

오히려 진큐의 눈이 커졌다. 문승훈는 고개를 미미하게 끄덕였다.

"기타 공명음과 드럼 공명음을 아무렇지 않게 동일시한다는 것부터 음감은 타고났다고 봐야지."

"저도 드럼 좀 쳐봤지만 스네어 튜닝이란 게 한도 끝도 없거든요. 쟤가 하는 얘기가 맞는 겁니까?"

진큐는 몇 달 전, 학교 예능을 찍을 때 강민호에게 통조림 당하며 드럼 연습을 했던 아픈 기억을 떠올렸다.

"그건 모르겠는데, 저렇게 두루뭉술 얘기하는 걸 바로 캐치할 수 있는 연주자의 실력이 출중하리란 건 예측이 가능하지."

"사계절 밴드가 온다고 했어요."

"사계절? 정말?"

"아는 분들이세요?"

"괴팍하긴 하지만 세션 실력만큼은 국내 최고야. 그냥 앉아서 아무거나 연주해도 관객 귀를 사로잡을 수 있을 만큼."

문승훈는 가수로서의 호승심이 자극되는 것을 느꼈다. 까마득한 후배들만 있기에 뭔가 미안한 마음이 있었는데 이대로라면 전력을 다해도 될 것 같은 기분이 들었다.

"선배님……."

'경연이 재밌어지겠네' 하는 문승훈의 표정과는 달리, 진큐는 마냥 찜찜하기만 했다. 뒤통수 맞은 적이 한두 번이어야지.

오후 1시부터 시작된 녹화에 관객들이 들어서기 시작했다. MC 임동협은 큐시트를 살펴보다가 특이한 요구를 발견하고 앞에 서 있던 PD에게 물었다.

"김 PD. 박중호 선배님이 정말 노래를 부탁했어?"

"네. 오늘 정말 중요한 관객을 위한 노래라고. 프로그램 말미에 한 곡만 부를 수 있으면 좋겠다고 했습니다. 방송은 안 나가도 좋답니다."

"안 나가긴. 박중호 선배님 콘서트 안 하신지 10년이 넘었잖아. 문승훈 씨 출연도 대박 사건인데 이거 완전 시청률 하늘을 찌르겠는걸?"

김 PD가 짧게 걱정을 내비쳤다.

"저는 다른 가수들이 쩌리가 될까 봐 그게 걱정입니다."

"순서 잘 뽑아야지. 문승훈 씨가 1번 하면 완전 피말릴 테니."

"요령껏 부탁해요, 동엽이 형."

"예능신이 보우하시는 내 손에 실패란 없어. 최소 5번째 이상 보장한다."

"도박은 하지 말고요."

녹화 15분 전.

합동 대기실에 나란히 모여 앉은 불후의 음반 출연진들은 전설의 노래를 부르러 나왔다가 또 다른 전설과 한 방에 있게 되자 어찌할 바를 몰라 하는 얼굴이 되어 있었다.

문승훈은 편히 대하라고 계속 다독였으나 그중에 유독 긴장하고 있는 아가씨만큼은 어떻게 할 수가 없었다.

"윤이설 양이라고 했어요?"

"마, 마, 말씀 편하게 하세요, 선배님!"

윤이설이 즉각 반응해서 대답했다. 문승훈은 피식 웃으면서 말했다.

"그쪽이 편하게 날 대해줘야 나도 편하지. 이봐. 나 안경 없으면 아무것도 아닌 아저씨라고."

문승훈이 손수 안경까지 벗고 멍한 눈을 가장해 보여주자 윤이설은 잔뜩 얼어 있던 가운데서도 '풋' 하는 웃음을 터뜨렸다.

"진큐야. 넌 인마 왜 말이 없냐? 내가 재롱떨면 옆에서 이설이처럼 맞장구는 쳐줘야 하는 거 아니냐?"

"강민호가 안 보입니다."

"아직도 그 소리야?"

진큐가 민호의 위치를 궁금해하는 것 같자 윤이설이 나직이 말했다.

"저희 대표님은 사계절 선배님들 모시러 갔어요."

"토크 참여 안 한데?"

"어차피 무대도 안 설 거라고……. 진큐 오빠 옆에서 고개 열심히 끄덕이라고 하셨어요."

"으음."

윤이설의 토크 분량을 자신에게 토스해 버리고 그냥 내뺀 듯한 분위기. 당했다는 느낌이 강하게 들었으나 약속은 약속이었다.

진큐는 목소리를 낮춰 말했다.

"중간에 내가 이설 양한테 막 들이대도 놀라지 말아."

"왜, 왜요?"

"그래야 이설 씨 부끄러워하는 표정이 리얼하게 나올 테니. 아, 오해는 말아. 나 구하연 팬이야."

일찌감치 커밍아웃해 오해의 소지를 없앤 진큐. '너 아침부터 요상한 짓만 골라 한다' 하는 문승훈의 눈길에 진큐는 헛기침을 했다.

이렇게까지 강민호를 견제하는 이유를 백번 설명해 봤자, 경험해 보지 못한 자는 이해할 수가 없는 법이다.

"대휘 형님!"

민호가 사거리에서 손을 들어 올렸다. 공 매니저를 통해 밴을 보낸다고 해도 굳이 지하철을 타고 와버린 사계절 밴드의 멤버 4명은 하나하나 괴짜스러운 면모가 가득한 인디계의 기인들이었다.

신디리스트 심대휘. 드러머 플레쳐 킴. 바이올리니스트 오환. 첼리스트 정신욱. 그들이 민호의 앞에 섰다.

"이설이 때문에 공중파도 출연하고. 우리도 많이 컸네."

심대휘가 선글라스를 쓱 올리며 큼지막한 방송국 건물을 훑었다. 플레쳐 킴이 그 옆에서며 동감한다는 듯 고개를 끄덕였다.

"이러다 사계절 밴드가 아니라 윤이설 밴드 되는 거 아니야?"

"그럼 어때?"

"그럼 좋다고."

마냥 기분 좋아하는 그들의 언행에 민호도 함께 웃었다. 저분들이 갖춘 실력만큼 악기에도 그만한 애정을 쏟아 줬다면 여한이 없으련만. 아쉽게도 워낙 바람 같은 형님들이라 애장품이 생겨날 가능성은 희박해 보였다.

"상건이 형이 대기실 잡아놓고 기다리는 중이에요. 녹화 들어가기 전에 한번 맞춰 보게요."

"지난번에 연습 많이 했잖아. 그날 술 한 잔도 못 마셨다고."

심대휘의 부정적인 대답에 민호는 시무룩하게 대꾸했다.

"뭐, 형님들 실력을 믿긴 하지만요."

"딱 3번만 맞춰 볼까? 이설이 무대 망치고 민호가 엉엉 우는 게 궁금하긴 하지만 말이야."

안 할 듯하다 능청스러운 말투와 함께 손가락 3개를 들어 보이자 다른 멤버들이 껄껄 웃었다. 나이 차가 20년이 넘다 보니 매번 놀림감이 되는 민호였다.

방송국 공개홀 안쪽의 연습실로 향하는 길. 심대휘가 오늘 출연자에 대한 이야기를 꺼냈다.

"민호야. 방송 전에 박중호 선배 좀 만나 뵐 수 있을까?"

"아는 분이셨어요?"

"박중호 선배보다는 성길이와 친했지. 십 년 전에 성길이 상 당했을 때 뵙고 처음이거든. 후배 된 도리로 왔으니 인사는 해야지."

가수 박중호의 소울메이트라 할 수 있는 작곡가 안성길 선생님에 대한 이야기는 편곡을 준비하며 들은 적이 있었다. 거의 모든 히트곡을 안성길 작곡가와 작업하며 만들어 냈다는 말도 함께.

'암으로 돌아가셨다고 했었나?'

민호는 대기실 배치도를 떠올리고 대답했다.

"저쪽에 박중호 선배님 방이 있긴 한데요."

PD님께 먼저 얘기해 보려던 민호는 이미 그쪽으로 성큼 발을 내딛는 심대휘의 모습에 황급히 그의 뒤를 따랐다.

퉁퉁.

"선배, 거기 계쇼?"

투박하게 문을 두드리고 묻는 심대휘의 음성에 안쪽에서 기침 소리와 함께 중후한 목소리가 들렸다.

"누구지?"

"심대휘올시다."

"대휘?"

달칵.

문이 열리며, 머리가 희끗한 중년 신사가 모습을 드러냈다. 민호도 사진으로만 보고 나이가 오십 대 중반이라 들었기에 상상했던 모습과 다른 상대를 보고 놀라지 않을 수 없었다. 아직 사십 대인 심대휘가 더 늙어 보였다.

"오랜만이오, 선배."

"여기서 자넬 볼 줄이야. 들어오게."

심대휘가 먼저 방에 들어서자 민호는 고민하다 에라 모르겠다 발을 옮겼다.

"이 친구는 누군가?"

"처음 뵙겠습니다. 강민호라고 합니다."

방에 들어서자마자 인사부터 꾸벅하던 민호는 탁자 위에 놓인 작은 오르골에 시선이 고정되어 버렸다.

'애장품?'

전설이라고는 하지만 낯선 가수처럼 느껴진 박중호가 순간 옆집에 사는 친근한 아저씨처럼 다가오는 순간이었다.

박중호가 심대휘에게 자리를 권했다.

"10년 만에 보는군."

"선배는 그대롭니다. 성길이는 폭삭 늙어서 갔는데."

뭔가 가시가 섞여 있는 듯한 심대휘의 말에 애장품 한번 만져봐도 되느냐고 물으려던 민호는 입을 꾹 다물 수밖에 없었다.

박중호는 흔들리지 않는 눈길로 심대휘에게 물었다.

"아직 음악 하지?"

"보시다시피, 음악 하니까 여기 있겠지요. 요즘 귀여워하는 후배들 무대 도우러 왔습니다."

"저 친구?"

"저 친구 포함해서요."

"아직 음악 열정은 그대로인가 보네. 다행이야."

"선배는 확 식으셨소?"

"늙었잖니. 후후."

나이 대만 높다뿐이지 어디로 튈지 모를 어린 동생을 챙겨
주는 것만 같은 박중호의 착한 언행에 민호는 일단 애장품
사용의 가능성은 있겠다 싶었다.

"대휘야. 나 곧 방송 들어가야 해서. 끝나고 꼭 술 한잔
하자."

"글쎄요. 술맛이 괜찮을까 모르겠소."

"비싼 거 사줄게."

박중호가 자리에서 일어났다. 민호는 급히 박중호에게 물
었다.

"선배님. 저 오르골, 한 번 만 사용해 봐도 됩니까?"

호기심 가득한 민호의 시선에 박중호는 괜찮다며 고개를
끄덕였다.

"천천히 듣게나. 낡긴 했어도 소리는 좋거든. 그럼, 대휘
야. 저녁에 봐."

대기실에서 걸어 나가는 박중호를 무심히 쳐다보던 심대
휘는 고개를 휙 돌려 민호를 바라보았다.

"민호야. 지금 나눈 얘기 우리 밴드 멤버한테는 하지 말거

라. 나나 저 양반 사이가 좀 껄끄러워."

"네, 형님."

"근데 오르골은 왜? 그런 거 첨 봐?"

"그건 아닌데요. 되게 사연 있어 보이지 않아요?"

"그게 무슨 상관이야? 가자, 연습하러. 열정 안 식었다고
으스댄 이상, 실수하면 안 되니까."

심대휘가 가려 하자 민호가 손을 휘저었다.

"잠시만요. 조금만 듣고 가요, 형님."

"원, 녀석도. 가서 들어."

오르골을 휙 잡아챈 심대휘가 문을 열고 나서자 민호는 그
박력에 놀라면서도 한편으로 걱정돼서 물었다.

"이래도 되나요?"

"저녁에 내가 돌려주면 되잖아. 닳는 물건도 아니고. 중호
선배 쫌생이 아니다."

74.
당신을 위한 노래(3)

　500여 명의 관객들이 숨죽이고 지켜보는 가운데 조명이 꺼진 무대 위로 불이 들어왔다. 관객들의 박수와 함께 MC 임동엽이 등장해 멘트를 시작했다.

　"전설과 만나는 시간. 불후의 음반 215회! 공감과 감성의 젠틀맨으로 불리는 그분. 오늘의 전설은 박중호입니다!"

　환호와 함께 특별 스테이지에 앉아 있던 박중호가 일어나 관객들에게 인사했다.

　"시청자 여러분께도 한 말씀 부탁합니다."

　"제가 부른 노래를 아직 기억해 주시는 모든 분께 감사드립니다. 하늘에 있을 동생도 무척 기뻐하고 있을 거라고 생각해요."

박중호가 천장을 향해 시선을 올리고 말했다.

"성길아. 네 노래를 불러주겠다는 열정 많은 친구들이 이 자리에 모였단다. 부디 재밌게 감상하렴."

축제를 선포하는 감성적인 말에 관객들이 저마다 환호하며 성원을 보냈다.

"드디어 시작이구나."

아이돌 산돌의 떨리는 음성에 윤이설도 긴장한 채 무대와 연결되어 있는 모니터에 시선을 던졌다.

무대에서 노래하고, 그 즉시 관객 500명의 평가를 받아 그것으로 승부를 나누는 음악 예능. 민호는 노래 자체를 즐기는 성격이 강한 예능이기에 걱정할 것 없다고 했다.

'잘 해야지.'

그러나 윤이설은 공을 들여 작업해준 민호를 실망시키고 싶지 않았다. 우승까지 바라는 건 아니나 최소한 1승이라도 거둬야 대표님의 체면을 세운다. 그러기 위해서는 순서가 무척 중요했다.

─첫 번째 경연은…… 가수 효령입니다!

"어머, 내 이럴 줄 알았어."

울상이 되어 버린 효령의 뒤를 이어 다음 가수가 호명될 때까지 윤이설은 긴장했다 안도의 한숨을 내쉬는 것을 반복했다.

'1순위가 아닌 건 좋은데…….'

윤이설의 시선이 문승훈을 향했다. 저 엄청난 선배님의 다음 순서라면 이길 가능성은 제로에 묻힐 가능성 백 프로. 그것만은 피하고 싶었다.

'제발!'

그렇게 윤이설이 마음을 졸이던 시간은 급류처럼 흐르고, 어느새 1시간이 흘렀다.

2차, 3차, 4차, 5차까지 경연 순서가 돌아오면서 윤이설의 얼굴은 점점 어둡게 물들었다.

―여섯 번째 가수! 아, 이분 아까 보니 후배들 사이에서 욕을 먹고 계시더군요. 전설이 전설을 만나러 와? 전설로 출연해야지. 여러분, 가왕 문승훈입니다!

"아."

이 무슨 하늘의 장난이란 말인가. 이로써 문승훈 다음 순서로 자신이 지목되어 버렸다.

'어, 어떡하지? 민호 오빠…….'

"이 정도면 된 것 같아요. 고생하셨습니다, 형님들."

연습실의 악기를 하나씩 차지한 채 앉아 있던 사계절 밴드와 이상건이 민호의 말에 긴장을 풀고 고개를 흔들었다.

심대휘가 물병 뚜껑을 열고 벌컥 물을 들이켠 뒤에 고개를 저었다.

"간단히 맞춰보자더니, 깐깐하기는."

"방금 이설이 순서가 가장 끝이라고 연락받았거든요. 피날레는 확실히 장식해야죠. 15분 남았으니 컨디션 조절해 주세요."

민호는 흘러내린 땀을 소매로 닦으며 연습실에 들어선 직후부터 밴드연습에 몰입하느라 제대로 건드리지 못한 오르골에 시선을 돌렸다.

'흐음.'

전설적인 가수의 애장품이 분명하건만, 아까 건드렸을 때부터 도무지 은은한 빛이 흡수되어 사라질 생각을 하질 않았다.

'박중호 선배님이 돌아가신 것도 아니고. 이상하단 말이지.'

민호는 다시 오르골에 손을 올렸다.

'어?'

따뜻한 기운이 손을 타고 들어오는 것이 느껴졌다. 유품의 주인이 꿈을 통해서가 아니라 직접적으로 말을 걸어올 때 겪는 현상.

'박중호 선배님 물건이 아니라고?'

민호는 시야가 온통 검게 변하며 누군가의 추억이 떠올라 그대로 몸을 맡겼다.

－꺽. 취한다～

포차에서 소주 한잔을 기울이고 있는 두 사람. 이미 술이 거나하게 들어간 박중호의 어깨너머로 점잖아 보이는 얼굴의 사내가 말했다.

－중호 형. 우리 지방 무대 돌면서 편안히 노래하고 살까? 왜, 어렸을 때 트럭타고 전국일주 하면서 노래하자고 했잖아.

－지방? 이번 앨범 실패했다고? 성길아. 나 가수왕이야. 국밥 마는 장터에서 어떻게 노래하니? 쪽팔리게. 가오 좀 잡고…… 끄억～ 살자.

민호는 이 물건이 작곡가 '안성길'의 것임을 깨닫고 어느 정도 이해할 수 있었다. 소울메이트 같았던 절친한 동생의 물건을 박중호가 소유하고 있던 것이다.

－그건, 그래. 형이 지방 행사라니. 안 어울려.

안성길은 고개를 푹 숙인 채 웃었다. 소주를 삼킨 박중호가 안성길의 어깨를 두드렸다.

－아, 뭘 그리 기죽이 있어. 네 노래 전부 다 끝내줬어. 내가 못 부른 거야. 에잇, 술 끊고 성대 관리해야지!

박중호의 위로에도 안성길의 어깨는 좀처럼 펴지지 않았다.

－형, 나 사실…….

-왜? 우리 쑥맥, 드디어 여자 생겼냐?

안성길은 피식 웃더니 고개를 저었다.

 -아니야, 됐어.

순간 시야가 암전됐다가 병원으로 장면이 바뀌었다.

 -성길아! 이 자식…… 아프면 아프다고…….

오르골을 붙잡고 오열하는 박중호. 그 슬픔이 진하게 전해져 왔기에 장면은 바로 끝나 버렸다. 유품의 주인이 준 배려이리라.

민호는 대략적인 상황을 이해했다. 치료할 수 없는 병에 걸렸다는 사실을 뒤늦게 안 안성길. 어릴 때부터 친형처럼 보살펴 주었던 박중호가 슬퍼하지 않길 바라는 마음에 일부러 말을 하지 않았다. 그러다 예고도 없이 죽음이 찾아왔고.

추억에서 빠져나와 다시 현실로 돌아온 민호는 오르골을 바라보며 속으로 물었다.

'확실한 정리를 하고 싶으신 건가요?'

따뜻한 기운이 손끝을 자극했다.

"어쩐다……."

"뭘?"

심대휘가 옆으로 불쑥 다가섰다. 민호는 오르골을 손에 든 채 심대휘를 조용히 복도로 불러냈다.

"아까 박중호 선배님과 사이가 안 좋다고 하셨죠? 이유를 알 수 있을까요?"

"난 그 선배 맘에 안 들어. 성길이를 그렇게 부려 먹더니 몸이 다 망가질 때까지 자기 인기에 취해 신경도 쓰지 않았거든. 안 그랬음 몇 년은 더 살다 갔을 거야."

민호는 심대휘로부터 실용음악과 동기였던 안성길에 대한 이야기를 자세히 들을 수 있었다.

'대휘 형님도 오해가 좀 있으시구나.'

이쪽의 오해는 나중에 풀어도 될 듯싶었다. 오르골에서 전해지는 안성길의 전언은 원망이 아니라 미안함이었다. 거기다 자신에게 간절한 부탁까지 해왔다.

"저, 대휘 형님."

"왜?"

민호는 조심스럽게 의견을 물었다.

"이번 곡 편곡을 좀 했으면 싶은데."

"뭐라?"

잘못 들었나 싶어 하는 심대휘에게 민호는 최대한 밝은 웃음을 지으며 말했다.

"기본음 몇 개 수정하고 구성만 살짝 바꾸면 됩니다."

"그게 간단한 일이니? 저번에 하루 종일, 오늘 한 시간 넘게 맞춰본 곡을 이설이 경연 10분 남겨놓고 편곡하겠다고?"

미친 거 아니야 하는 눈빛.

"이유가 뭐야?"

"어…… 그게요. 우정?"

―이젠~ 쓸쓸한 노을을 바라보는 습관이~ 내일~ 너를 만나기 위한 기다림이 됐어~

공개홀 안은 다섯 번째 가수의 경연이 끝나자 감동의 물결이 흘렀다.

―감사합니다, 산돌이었습니다.

MC 임동협이 마이크를 잡았다.

"산돌이 부른 '저녁 하늘'. 박중호의 5집에 수록됐던 곡으로 이 당시, 온 연인들이 저녁만 되면 손잡고 하늘을 보면서이 노래를 흥얼거렸던 기억이 납니다. 박중호 씨는 어떻게들으셨나요?"

"이 곡이 원래는 성길이의 트라우마가 담겨 있는 곡이었어요. 저녁 노을이 짠하게 질 때, 여자한테 차였거든요."

박중호의 말이 끝나자 관객석 곳곳에서 웃음이 튀어나왔다.

"그 아픔을 극복하려고 아름다운 가사와 멜로디로 노을 아래 서 있는 연인을 묘사한 거였죠."

"그런 비밀이. 그런데 박중호 씨는 차인 경험이 없으십니까?"

"왜 없겠습니까. 2집에 보면……."

무대 위에서 진행 중인 대화를 들으며 호흡을 가다듬고 있던 문승훈은 자신의 뒤에 대기 중인 마지막 경연자 쪽으로 눈을 돌렸다.

무지막지한 물량을 투입한 자신과는 비교되게 고작 5인 밴드. 거기다 언뜻 들어보니 곡을 급히 수정했단다. 난리가 아니었다.

'내 할 것만 잘하자. 박중호 선배에게 받은 은혜도 있고. 지금은 그걸 갚아드릴 차례야.'

수년 동안 앨범 하나에 공을 들여 발표해도, 일주일이면 소모되어 음원차트에서 사라지고 마는 요즘. 뭔가 자극이 필요하긴 했다.

음악이 점점 싫어지고, 기피 대상이 된다는 것.

노래에 반평생을 바친 인생치고는 매우 비참한 최후가 아닐 수 없었다. 그러나 자신은 양호한 수준이었다. 박중호 선배는 십 년 전부터 단 한 번도 가수로서 마이크를 들지 않았다.

사정이야 많겠지만, 신인 시절 그의 배려로 가요무대에 설 수 있었던 자신이 당신의 열정을 불사르게 해보겠다는 시도는 의미가 컸다.

'선배한테도, 나한테도 말이지.'

문승훈은 숨 고르기를 끝냈다. 방금 500명 중에 405표를 받아 현재 승자가 된 산돌이라는 친구에게 가왕의 면모를 보여줄 시간이었다.

"진큐야. 이제 가야…… 너 뭐하냐?"

"저쪽 분위기가 좀 이상해요."

"신경 쓰지 마. 무대를 앞둔 가수는 자기 목소리만 신경 쓰면 그만이야."

문승훈이 진큐의 어깨에 손을 올렸다.

"노래를 네가 하지 쟤들이 하겠어?"

"후우, 그건 그래요. 여기까지 온 이상 정신 나갈 정도로 놀아보겠습니다, 선배님."

"정신은 나가지 말고. 중간에 잘 튀어 들어와라."

―여섯 번째 경연주자! 문승훈입니다!

기대감이 잔뜩 섞인 박수와 함께 문승훈이 무대에 올라섰다. 마이크 앞에 서서, 객석의 특별 스테이지에 앉은 박중호를 바라보았다.

자신의 경험은 비교할 수 없을 정도로 오랫동안 노래해 온 거장이 '거기서 뭘 보여주려고 그래?'라는 호기심 어린 눈빛을 보내왔다.

"제가 이번에 부를 곡은, '안녕, 참새'입니다."

박중호의 노래 중에서도 유독 사랑을 받았던, 전지적 참새 시점의 독특한 관점을 가진 노래. 문승훈이 자리를 잡자 드럼이 스네어를 부드럽게 치며 시작을 알렸다.

'둘, 셋!'

―아침이 오면 난 길을 나서요. 씨앗을 찾아서. 또 다른 친구를 찾아서. 그러나 친구가 없네요. 저기 하늘 위에 있거든요.

서정적이고 귀에 착 감기는 멜로디, 날지 못하는 참새가 그것을 극복하는 과정이 따뜻하게 묘사되어 있는 가사가 기이한 화학작용을 하는 이 노래는 문승훈의 호소력 짙은 목소리를 타고 관객들을 서서히 매료시켜갔다.

―저 하늘을 날아오를 수 있다면~

첫 번째 후렴구.

박자가 빨라지며 비밀무기 1번 진큐가 참새 모자를 쓰고 무대 위에 올라섰다. 정말 참새가 된 듯이 동물에 이입해서 랩을 쏟아붓는 진큐에 발맞춰 문승훈은 옥타브를 한 단계 올려 클라이맥스를 향한 고음을 냈다.

-언젠간~!

쿵쾅거리며 심장을 울려대는 악기들 속에서 오롯이 뻗어 나온 가수왕의 고음은 관객들을 환희에 빠져들게 했다.

그와 더불어 무대 뒤편에서 걸어 나오는 전문 합창단의 코러스. 웅장함까지 가미된 노래는 마침내 문승훈이 원하던 클라이막스에 도달했다.

-안녕들 하신가요~ 전 이제 날 수 있어요—!

문승훈은 박중호를 향해, 무대 위에 서 있는 자신을 향해, 마지막까지 힘을 짜내 노래했다.

-봐. 날았잖아요. 그러니 당신도 해봐요.

무대가 끝난 뒤, 감동에 젖은 관객 모두 정적에 빠졌다. 그리고 우레와 같은 박수가 시작됐다.

턱밑으로 물처럼 흘러내리는 땀을 닦으며, 문승훈은 기대가 담긴 눈으로 박중호를 바라보았다.

'이 정도면 열정에 불이 붙지 않으십니까?'

그러나 문승훈은 발이 무대에 붙어 굳어져 버린 듯한 기분을 느껴야 했다.

'어째서? 어째서 그렇게 힘없는 미소를 짓고 계신 거죠? 설마, 선배님…….'

"끝내줬습니다. 연습 때보다 훨 잘하시네요. 완전 실전체질이셔. 이 정도면 강민호가 아무리 잘해도 못 이겨요."

옆에서 조잘거리는 진큐의 음성이 음소거라도 된 듯이 서서히 작아졌다. 문승훈은 다시 부르라면 못 할 최고의 무대를 꾸미고서도 허전함을 느껴야 했다.

'왜죠? 왜 노래를 그만둘 생각을……'

그 이유가 뭔지. 그것을 찾지 못하면 자신도 박중호와 마찬가지로 마이크를 붙잡지 못할 것 같다는 공포가 엄습해 왔다.

─461표! 불후 역사상 최다 득표가 나왔습니다! 문승훈 씨 완전 넋이 나가셨군요. 좋아서 어쩔 줄 모르겠나 봅니다.

"끝났나 봐요."

민호는 무대 쪽을 가리켰다. 오르골을 한차례 보고, 뒤에 서 있는 윤이설과 이상건, 사계절 밴드에게 말했다.

"이런 미친 짓을 따라와 주신 것 정말 감사합니다."

"전 대표님 편이에요."

윤이설이 두 손을 꼭 붙잡고 말했다.

"너무 재밌는 거 있죠. Once에서 갑자기 대표님과 인디 선배님들 만났을 때 기분도 나고."

그녀만 유독 신나서 얘기하기에 민호는 한차례 미소를 지어준 뒤에 말했다.

"네 무대였는데, 미안."

"아니요, 이건 처음부터 오빠 무대였어요."

─마지막 주자. 요즘 음원 상위권에 이 이름이 없으면 섭섭할 지경이죠. 윤이설!

박수가 들려오며 차례가 다가왔다.

민호를 필두로 모두 무대에 올라 준비를 시작했다.

"강민호는 밖에 있는다고 하지 않았어?"

"그러게요. 갑자기 불안하게."

승자석에서 무대 위를 지켜보고 지켜보던 진큐는 '설마?' 하고 고개를 흔들었다. 음악의 신이 찾아와도 방금 문승훈의 무대는 못 이긴다. 이건 상식이자 믿음이었다.

'그런 감동을 겪고 모든 걸 불태운 관객의 열기를 무슨 수로 재점화하겠어?'

"아, 안녕하세요. 저는 윤이설이고. 여기는 저와 같이 노래해 줄 식구들입니다."

약간은 떨리는 음성으로 입을 연 윤이설의 목소리에는 솔직담백함이 그대로 배어 있었다. 문승훈이 보여준 무대의 여운에 젖어 있던 관객들이 조금씩 집중해 왔다.

"저희가 준비한 곡은 '사소한 것들'입니다. 노래가 원곡과 다르게 느껴지시더라도 오해하지 마세요."

무슨 소리야, 하고 다들 웅성거리는 가운데 윤이설이 한마디 덧붙였다.

"이 노래를 작업해 준 프로듀서께서 원래 이런 노래였을 거라고 하셨거든요."

잔잔한 기타 소리와 함께 윤이설의 전매특허 허밍이 시작됐다.

담담하게, 그러나 감정을 꾹 참고 있는 듯한 그녀의 청량한 멜로디가 관객의 귓가를 파고들었다. 그 저항할 수 없는 '목소리무기'에 몇몇 남자들은 이미 무장해제 되어 투표버튼을 눌러댔다.

〈형, 우리 트럭 타고 전국일주 하면서 노래하지 않을래?〉

그리고 들려온 의문의 목소리. 멜로디와 겹쳐 대사처럼 내뱉는 음성에 이어, 후방의 스크린이 켜졌다. 안성길이 살아 있었을 때의 모습이 담긴 화면이 천천히 움직였다. 오프닝에도 나왔던 영상이었다.

특별 스테이지 안에 있던 박중호는 방금 들은 목소리가 정말 성길이인 것 같아 놀란 눈을 감추지 못했다.

키보드의 음률이 마음을 어루만지듯 부드럽게 춤을 추고, 바이올린과 첼로의 선율이 살포시 그 위에 내려앉았다. 드럼의 비트가 이 모든 기준을 잡는 동안 윤이설이 허밍을 끝내고 가사를 부르기 시작했다.

─너무 보잘것없어 창피한 일이었지. 그냥 노래를 듣고 있는데 눈물이 나는 거야. 다들 자꾸만 괜찮다고 하네. 내가 못했는데. 다들 괜찮대.

속삭이듯 부르는 윤이설의 노랫말에 박중호의 얼굴에 점점 놀라움이 물들어갔다.

'사소한 것들'은 안성길이 죽기 직전 작업하던 곡 중 하나. 사실은 미완성이었기에 멜로디 곳곳에 구멍이 나 있다.

그런데 지금, 그 노래에 새 살이 붙어 있었다. 그리고 그건 짠한 감정을 자극하는 너무도 성길이스러운 음이었다.

"어떻게?"라고 중얼거리는 박중호에게 민호의 두 번째 대화소리가 시작됐다.

〈실은 말이야. 형을 위로해 주고 싶었어.〉

"성길아!"

박중호의 목소리는 마이크가 꺼져 있었기에 음악소리에 묻혀 모두에게 들리진 않았다. 그러나 오르골을 통해 실시간으로 안성길과 소통 중인 데다 화면 속 그를 손거울로 복사해 말투까지 흉내 내고 있는 민호만큼은 그것을 알아채고 말했다.

〈항상 날 위로해 줬잖아. 큰 잔소리. 나도 그게 그립지만 이젠 그만 내려놔야겠어.〉

－오늘 같은 날엔 모두 내려놓고 싶어.

〈누군가를 한평생 위로하는 노래만 해왔으니, 이젠 형을 위한 노래를 할 차례야. 그리고 이건 그 시작이고.〉

－손끝에 닿을 듯한 행복은 멀지 않음을…….

윤이설의 가사와 겹쳐 조용히 가슴을 울려오는 민호의 연기. 500명의 관객이 아닌, 단 한 사람을 위한 힐링음악에 오히려 500명의 관객이 전부 숨을 죽였다.

그 대상이 누구인지 모두 알고 있었기에.

완벽한 연주, 완벽한 코러스, 완벽한 후렴구가 없던 기이한 음악이 그렇게 끝났다.

"하, 하하하…….."

문승훈은 무대 위에 시선을 던졌다가 허탈한 웃음을 터뜨렸다.

"미쳤구나, 진큐 네 친구."

"미쳐요?"

"안성길 선배가 돼서 박중호 선배가 불러야 할 노래를 강제로 완성시켰다고. 어떤 프로듀서가 감히 그런 시도를 해볼 생각을 하겠어? 한 방, 아니 열 방은 먹었다, 내가."

노래가 끝난 뒤, 6번 경연자와 마지막 경연자가 무대에 같이 섰다.

"잠시만요."

박중호가 갑자기 손을 들었다. 손수건을 꺼내 촉촉해진 눈가를 닦기 시작한 그는 감정을 추스르고 나서야 고개를 들었다.

MC 임동협이 적당한 타이밍에 입을 열었다.

"감동이 있으셨나 봐요?"

"얼마 만에 울어본 건지 모르겠네요. 이 나이 먹으면 노래를 듣고 울기가 쉽지 않거든요."

"그만큼 가수 윤이설의 노래가 훌륭했다는 소리입니까? 저도 좋아하는 곡이었는데 아예 바뀐 것처럼 멜로디가 달라진 것 같았습니다."

"아니요. 곡이 바뀐 게 아닙니다."

박중호는 이렇게 단언하고 윤이설을 보며 물었다.

"아까 이 노래를 프로듀싱한 친구가 있다고 하지 않았어요? 그게 누구죠?"

"저기 계세요."

윤이설이 손을 뻗자 연주자들 틈에 있던 민호에게 조명이 비쳤다.

"아, 강민호 군. 고맙습니다. 민호 군은 마치 성길이가 살아 돌아와서 노래를 완성했다면 이랬을 것처럼 마법을 부렸어요. 제가 어설프게 했던 시도보다 훨씬 훌륭하게 말이죠."

전설의 어마어마한 칭찬에 관객석도 술렁였다.

"혹시 가능하다면, 방금 연주했던 분들이 제 노래도 반주해 줄 수 있을까요? 이다음에 노래할 예정이었거든요. 부탁합니다."

고개를 숙이는 전설의 모습에 민호의 옆에 앉아 있던 심대휘가 "민호 덕을 보려고 드네. 얼른 반주하고 고급술이나 먹으러 가야겠다" 하고 민호에게만 들리게 투덜거렸다.

민호는 미소를 지으며 고개를 끄덕였다.

"고맙습니다. 고마워요."

끝없이 이어지는 감사에 분위기도 무르익었다. MC 임동협은 다음 진행을 해야 할 시기임을 깨닫고 말했다.

"자, 그럼 최종 결과를 확인해 볼까요?"

잠시 후.

─사실, 이 무대를 끝으로 은퇴하려 했습니다. 그런데 성길이가 아직은 아니라고 제 손을 붙잡아 주었네요. 열심히 준비해서 다음에는 신인의 마음으로 이 무대에 오르고 싶어요. 성길이만큼 재능 있는 프로듀서도 찾았고 말이죠.

박중호의 진솔한 고백 후, 그가 천장을 보며 말했다.

―내가 네게 위로를 보내려 했는데, 네가 나에게 위로를 주는구나.

안성길이 가장 처음 작곡했던 노래, '비와 그대'가 시작됐다.

전설이 무대에서 노래를 부르자 관객들은 그 어느 경연자가 올라왔을 때보다 뜨거운 함성과 열기를 보냈다. 무려 10년 만에 마이크를 잡았다는 것에 이 무대를 볼 수 있는 것이 가문의 영광이라고 생각하는 관객까지 있을 정도였다.

"사랑합니다, 선배님!"

그리고 그중에는 열정을 찾아 음악예능 출연을 결심했던 문승훈도 포함되어 있었다.

또 당했어, 하고 혀를 내두르고 있던 진큐는 무려 488표라는 미친 표결로 문승훈을 이겨 버린 강민호 패거리를 물끄러미 지켜보았다.

처참한 패배.

그러나 매번 그렇듯 그것이 썩 기분 나쁘지만은 않았다. 저 녀석이 한 짓은 기적이고, 그것 때문에 피해를 본 사람은 없어도 행복해하는 사람은 배로 늘었으니.

무대 바로 밑에서 가만히 전설의 노래를 감상하던 이번 주 경연의 우승자 윤이설은 옆으로 슬쩍 고개를 돌렸다.

아까 쉬는 시간에 프로듀싱을 하겠다는 조건으로 오르골을 선물 받은 민호는 무척 행복한 표정이었다. 승패는 그다지 상관없을 거라던 민호의 말이 정확했다는 것을 떠올리고 윤이설은 남몰래 웃고 말았다.

역시, 대표님은 틀리지 않아.

전설의 노래가 잔잔히 이어지는 사이, 윤이설은 고개를 살포시 민호에게 기댔다.

"뭐, 뭐라고 하셨습니까?"

"스타피스에 가수 한 분 더 들어온다고요."

"아니, 그 전에 그분 이름이⋯⋯."

"박중호 선배님?"

공 매니저는 심장이 덜컥 내려앉았다. 이제는 민호가 사람을 마음에 두는 기준이 뭔지 도저히 생각하고 싶지 않을 지경이었다.

───────

Relic : 단명한 작곡가의 오르골.

Effect : 태엽을 돌리면 대중의 공감을 얻을 수 있는 다양한 멜로
디가 떠오른다.

to be continued